بڑوں نے لکھا بچوں کے لئے ۔ ١

AF759384

بڑوں نے لکھا

بچوں کے لئے

جمع و ترتیب : اعجاز عبید

BadoN ne Likha BachchoN Ke Liye *(Kids Stories)*
by: Aijaz Ubaid
Edition: April '2025
Publisher :
Taemeer Publications LLC (Michigan, USA / Hyderabad, India)

ISBN 978-93-6908-072-4

کتاب	:	**بڑوں نے لکھا بچوں کے لئے** (کہانیاں)
مرتب	:	**اعجاز عبید**
صنف	:	ادب اطفال
ناشر	:	تعمیر پبلی کیشنز (حیدرآباد، انڈیا)
سالِ اشاعت	:	۲۰۲۵ء
صفحات	:	۲۰۴
سرورق ڈیزائن	:	تعمیر ویب ڈیزائن

فہرست

بچوں سے کچھ باتیں

پیارے بچو!

کہانیاں تو آپ نے بہت سی سنی ہوں گی، کچھ اپنی نانی بی سے یا دادی جان سے۔ اسی طرح بہت سی پڑھی بھی ہوں گی۔ سکول کی لائبریری سے یا ابا جی کی خریدی ہوئی بچوں کی کتابوں جو بازار میں ملتی ہیں۔ یا پھر ان رسالوں میں جو بچوں کے لئے چھپتے ہیں۔

ایک زمانہ تھا کہ کتابیں رسالے پڑھنے کا بہت رواج تھا۔ بہت سے رسالے چھپتے تھے۔ بچوں کے رسالے 'کھلونا' 'نور' 'پیام تعلیم' 'گل بوٹے' 'نونہال' 'ساتھی' وغیرہ۔ کچھ تو اب بھی جاری ہیں لیکن سچ پوچھو تو اب کاغذ پر پڑھی جانے والی کہانیوں کا چلن کم ہوتا جا رہا ہے۔ کتابیں بھی بہت کم چھپتی ہیں اور خریدی جاتی ہیں۔ اس لئے اس زمانے میں برقی کتابوں کا چلن شروع ہو گیا ہے۔

بہت سی کہانیاں ان لکھنے والوں نے بھی لکھی ہیں جو بہت مشہور ہیں۔ اگرچہ وہ بڑوں کے لئے افسانے اور ناول وغیرہ لکھنے میں مشہور ہیں لیکن انہوں نے ہی کچھ کہانیاں بچوں کے لئے بھی لکھی ہیں۔

اسی کوشش میں ہم ایک سلسلہ شروع کر رہے ہیں۔

'بڑوں نے لکھا بچوں کے لئے'

اس سلسلے میں ایسی کہانیاں شائع کی جائیں گی جو ان لکھنے والوں نے لکھی ہیں جو بڑوں کے ادب کے لئے مشہور ہیں۔

اس سلسلے کی پہلی کتاب میں، جو آپ دیکھ رہے ہیں، ہم نے ایسی کئی کہانیاں شامل کر دی ہیں۔ اگلی کتابوں میں کسی ایک لکھنے والے کی بچوں کی کہانیاں شامل

ہوں گی۔ یہ ساری کہانیاں ان کے لکھنے والوں کے ناموں کی ترتیب سے شائع کی جا رہی ہیں۔ آپ بھی غور کیجیے تو یہ طریقہ اچھا لگے گا۔ ورنہ کچھ بڑوں میں یہ خیال بھی پیدا ہو سکتا ہے کہ فلاں مجھ سے چھوٹا ادیب ہے، اس کی کہانی میری کہانی سے پہلے کیوں۔ ہمارے لئے کوئی چھوٹا، بڑا نہیں، سب بڑے ہیں۔ اس لئے الف 'ا' سے احمد فراز صاحب کی کہانی سب سے پہلے، اور 'ی' سے یوسف ناظم صاحب کی کہانی سب سے آخر میں ہے۔

اور ہاں، اگر ایسی کہانیاں پڑھ کر آپ کو بھی کہانی سنانا آگیا ہے، تو جلدی سے قلم یا کی بورڈ اٹھائیں اور کاغذ یا کمپیوٹر، ٹیبلیٹ یا اباجی، بھائی جان کا موبائل فون لیں اور لکھنا شروع کر دیں۔ ایسی کہانیاں بھی ہم جمع کر کے شائع کرنے کا ارادہ رکھتے ہیں۔

تو آپ سب پہلے کہانیاں پڑھنے اور پھر لکھنے کے لئے تیار رہیں نا۔۔۔!

ہاں، ایک بات اور۔

یہ کہانیاں پرانے زمانے میں لکھی گئی تھیں۔ بہت سی چیزیں جن کا ذکر ان میں کیا گیا ہے، وہ اب ملتی ہی نہیں۔ بہت سے الفاظ بھی انجانے سے لگنے لگتے ہیں۔

ایسے الفاظ، اگر آپ کو سمجھ میں نہ آئیں، تو اپنے دادا دادی نانا نانی سے پوچھ سکتے ہیں۔

اب بس۔۔۔۔

سنہرا پھول

احمد فراز

ایک دفعہ کا ذکر ہے۔ ایک سوداگر کو کسی دوسرے ملک میں جانا پڑا۔ اس سوداگر کی تین لڑکیاں تھیں۔ چھوٹی لڑکی سب سے زیادہ خوبصورت اور نیک تھی۔ اس کا نام عسارہ تھا۔ وہ ابا کی ہر بات مانتی۔ اس لیے سوداگر بھی تینوں بیٹیوں میں سے سب سے زیادہ عسارہ کو چاہتا تھا۔ جب سوداگر سفر پر روانہ ہونے لگا، تو اُس نے تینوں بیٹیوں کو بلایا اور پوچھا کہ ان کے لیے وہ کیا لائے؟ سب سے

بڑی بیٹی نے خوبصورت زیور لانے کے لیے کہا۔ منجھلی نے اچھے اچھے کپڑے لانے کو کہا اور جب عسارہ کی باری آئی اور سوداگر نے پوچھا

سوداگر: میری اچھی بیٹی عسارہ! تمہارے لیے کیا لاؤں؟

عسارہ: ابا جی! مجھے قیمتی کپڑے چاہییں اور نہ زیور، مجھے بس ایک چیز لا دیجیے۔

سوداگر: کہو بیٹی۔۔۔

عسارہ: ابا چند دن ہوئے میں نے ایک خواب دیکھا تھا۔ اس خواب میں مجھے ایک باغ میں ایک پھول نظر آیا۔ وہ پھول سنہرا تھا، لیکن اس سے ایک عجیب قسم کی روشنی نکل رہی تھی اور اس روشنی سے وہ باغ چمک رہا تھا، بس مجھے وہ پھول لا دیجیے ابا۔

سوداگر: بیٹی! کہیں خواب کی باتیں بھی پوری ہو سکتی ہیں؟ کوئی اور چیز کہو تو لادوں، خواب کا پھول نہ جانے اس دنیا میں کہیں ہے بھی یا نہیں۔ اس لیے کچھ اور کہو۔

عسارہ: ابا جی! وہ سنہرا پھول اس دنیا میں ضرور ہوگا بس اگر آپ وہ لاسکتے ہیں، تو ضرور لائیے، ورنہ میری اور کوئی خواہش نہیں۔

سوداگر : سوچتے ہوئے ، تم اداس کیوں ہوگئی ہو؟ اچھا بیٹی میں جارہاہوں اور کوشش کروں گا کہ تمہاری فرمائش پوری کرسکوں ۔ ہماراجہاز آج لنگراٹھا لے گا۔ اس لیے اب میں تم سے رخصت ہوتا ہوں ۔

عسارہ : خداحافظ اباجی ۔

سوداگر : خداحافظ ۔

سوداگرجہاز پر روانہ ہوا۔ دو تین روز تک توجہاز بڑے سکون سے سمندر میں چلتا رہالیکن ایک رات اچانک موسم بدل گیا۔ طوفانی ہوائیں چلنے لگیں ۔ سمندر کی لہریں دیوار کی طرح اٹھنے لگیں اورجہازڈوبنے لگا۔ جہاز کے کپتان نے بہت کوشش کی کہ جہاز سنبھل جائے ، لیکن طوفان رفتہ رفتہ بڑھنے لگا اور ہر لہر کے ساتھ یہ محسوس ہوتا کہ اب جہازڈوبا اوراب مسافر غرق ہوئے ، چنانچہ کپتان نے مسافروں کوکہا کہ وہ اپنی اپنی جانیں بچانے کے لیے جہاز سے کود پڑیں ، بعض مسافروں کی طرح سوداگر نے بھی ایک تختہ لیا اور سمندر میں چھلانگ لگا دی ۔

سوداگراونچی نیچی لہروں پر تیرتا ہوا تنکے کی طرح بہتا رہا آخر دوسری رات وہ زمین پر جا پہنچا اور بہت خوش ہوا۔ اس نے ادھر اُدھر دیکھا لیکن اسے کوئی شخص نظر نہ

آیا، البتہ ہر طرف خوبصورت پھول اور پھل دار درخت تھے۔ اس نے کچھ پھل کھائے اور پھر جزیرے کی سیر کرنے کے لیے اِدھر اُدھر پھرنے لگا۔ اچانک اسے ایک محل نظر آیا، جو بہت خوبصورت تھا۔ جب محل کے دروازے کے پاس پہنچا، تو دروازہ خود بخود کھل گیا۔ سوداگر اندر داخل ہوا۔ اسے نہایت خوبصورت کمرے نظر آئے چنانچہ وہ ایک کمرے میں داخل ہوگیا۔

سوداگر: واہ۔۔۔ واہ! کتنا خوبصورت محل ہے۔ کمرے کی دیواروں میں ہیرے اور موتی لگے ہوئے ہیں، ستون چاندی اور سونے کے بنے ہوئے ہیں، ریشم کے پردے کتنے قیمتی ہیں اور یہ سبز و سرخ قالین نہ جانے یہ کس شہنشاہ کا محل ہے؟

غیبی آواز: السلام علیکم اے میرے مہمان۔

سوداگر: (گھبراکر) ہائیں! تُو کون ہے اور کہاں ہے؟ مجھے تیری صورت نظر نہیں آتی۔

غیبی آواز: تم مجھے نہیں دیکھ سکو گے۔ ہاں تمہارا دل جس چیز کو چاہے گا، تمہیں مل جائے گی۔ اچھا اب پہلے کھانا کھالو۔

سوداگر : (وقفہ کے بعد) ہیں! یہ کھانے کی بے شمار طشتریاں کتنی قسم کے کھانے ہیں اور ہر کھانا تازہ ہے۔ اے میرے میزبان تیرا شکریہ۔

سوداگر : (اپنے آپ سے) واہ! کتنا لذیذ کھانا تھا اچھا، اب ذرا اس محل کی سیر کی جائے۔ وہ سامنے باغ ہے۔ کیوں نہ پھولوں کو دیکھوں۔ اُف! کتنی روشنی ہے باغ میں اور کتنی خوشبو، جیسے سانسوں میں عطر گھل گیا ہو۔۔۔ لیکن۔۔۔ یہ روشنی کیسی ہے ؟ ہیں! ایک پھول اور اتنا روشن جس کی روشنی سے تمام باغ میں نور ہی نور ہے۔ ارے! یہ تو وہی سنہرا پھول ہے،، جس کے متعلق عسارہ نے کہا تھا۔

ہاں! یہ وہی پھول ہے، جو تمہاری سب سے چھوٹی بیٹی عسارہ نے مانگا تھا، لیکن یہ پھول تم نہیں توڑ سکتے۔

سوداگر : لیکن تمہیں کیسے معلوم ہوا کہ یہ پھول میری سب سے چھوٹی بیٹی نے مانگا تھا۔

غیبی آواز : مجھے سب کچھ معلوم ہے لیکن تم یہ پھول نہیں لے جا سکتے۔

سوداگر : میں ضرور یہ پھول لوں گا۔ مجھے اپنی بیٹی کی خواہش اپنی جان سے زیادہ پیاری ہے۔ میں ضرور اس کی خواہش پوری کروں گا۔ میں یہ پھول ضرور توڑوں گا۔

(پھول توڑتے ہی ڈراؤنی آوازیں آنے لگیں۔ خوفناک ہوائیں تیز چلنے لگیں)

غیبی آواز : آہ! تم نے یہ کیا کیا سوداگر! تم نے اپنے میزبان کو دکھ پہنچایا۔ اس کی سزا موت ہے۔

سوداگر : میں جانتا ہوں کہ میں نے اپنے میزبان کو دکھ پہنچایا، لیکن مجھے اپنی بیٹی سب سے زیادہ پیاری ہے۔

غیبی آواز : اچھا تو تم ایک شرط پر یہ پھول لے جاسکتے ہو۔

سوداگر : وہ کیا؟

غیبی آواز : "ابھی ایک انگوٹھی ہوا میں تیرتی ہوئی تمہارے ہاتھ کے سامنے آکر رکے گی۔ اسے اپنے داہنے ہاتھ کے انگوٹھے میں پہن لینا۔ تم فوراً اپنے گھر پہنچ جاؤگے، لیکن وہاں جاکر یہ انگوٹھی اپنی چھوٹی بیٹی عسارہ کو دے دینا تاکہ وہ یہاں پہنچ جائے اور پھر یہیں رہے۔

سوداگر : نہیں نہیں! میں اپنی بیٹی کو اس جگہ نہیں بھیج سکتا، کسی قیمت پر بھی میں اسے اس جادو کی بستی میں نہیں بھیج سکتا۔

غیبی آواز : یہاں اسے کوئی تکلیف نہیں ہوگی۔

سوداگر : کچھ بھی ہو تمہاری شرط نہیں مان سکتا۔

غیبی آواز : تو پھر تمہیں موت قبول کرنا ہوگی۔ گھر پہنچنے کے بعد یہ پھول اپنی بیٹی کو دے دینا، لیکن صبح سے پہلے یہ انگوٹھی تم ضرور پہن لینا، ورنہ تمہاری جان کو خطرہ ہے۔

سوداگر : اچھا۔

غیبی آواز : تو جاؤ۔ اور صبح ہونے سے پہلے یہاں آجانا۔

سوداگر نے وہ انگوٹھی پہنی اور فوراً اپنے شہر پہنچ گیا۔ اس کی حیرت کی کوئی انتہا نہ رہی۔ جب اس نے دیکھا کہ وہ تھیلا اس کے ہاتھ میں ہے اس میں ریشمی کپڑے اور قیمتی زیور ہیں، چنانچہ گھر پہنچتے ہی اپنی بڑی لڑکی کو قیمتی زیور اور منجھلی کو ریشمی کپڑے دے دیے لیکن عسارہ کو اس نے تنہا کمرے میں بلایا اور کہا

سوداگر : (خوشی میں) عسارہ بیٹی! میں تمہارے لیے تمہاری منہ مانگی چیز لایا ہوں۔

عسارہ : ابا! تو کیا سچ مچ آپ میرے لیے سنہرا پھول لائے ہیں؟

سوداگر : ہاں! یہ لو

عسارہ : ہاہاہا۔ کتنا خوبصورت اور روشن پھول ہے یہ۔

یہ وہی پھول ہے ابا جو میں نے خواب میں دیکھا تھا۔ دیکھو چاروں طرف سے روشنی پھوٹ رہی ہے۔

سوداگر : (اداس ہو کر) ہاں بیٹی

عسارہ : لیکن ابا جان آپ پھول مجھے دے کر کچھ اداس معلوم ہوتے ہیں۔

سوداگر : نہیں بیٹی! ایسی کوئی بات نہیں۔

عسارہ : ابا! میں جانتی ہوں، آپ مجھ سے کچھ چھپا رہے ہیں۔

سوداگر : میری طبیعت اچھی نہیں۔ اب تم جاؤ بیٹی! مجھے تنہا چھوڑ دو۔

عسارہ : ابا جی

سوداگر : تم پھول لے جاؤ۔ میں تنہا رہنا چاہتا ہوں۔

عسارہ : اچھی بات ابا۔ میں جا رہی ہوں۔

جب عسارہ چلی گئی تو سوداگر کو بہت بے چینی ہوئی۔ وہ جانتا تھا کہ صبح ہونے سے پہلے اسے چل دینا چاہیے تاکہ اس کی وجہ سے اس کی بچی پر کوئی آفت نہ آئے۔ اسے یہ بھی معلوم تھا کہ موت اس کی راہ دیکھ رہی ہے۔ اس لیے وہ بے چینی سے ادھر اُدھر ٹہلنے لگا۔ ادھر عسارہ نے ایک خواب دیکھا، جس سے اسے باپ کی بے چینی کا راز معلوم ہو گیا۔ وہ گھبرا کر اٹھی تو اسے اپنے ابا کے کمرے میں بتی جلتی نظر آئی۔ عسارہ فوراً دوڑ کر آئی۔ وہاں اس نے ایک انگوٹھی دیکھی اور فوراً انگوٹھی اُٹھالی۔ سوداگر نے جب یہ دیکھا تو گھبرا کر بولا

سوداگر : عسارہ! یہ کیا کر رہی ہو بیٹی! یہ انگوٹھی موت کی ہے۔ اسے نہ پہننا۔

عسارہ : ابا جان! مجھے سب کچھ معلوم ہو چکا ہے۔ میں جانتی ہوں کہ آپ میری وجہ سے موت کا شکار ہو رہے ہیں۔ میری وجہ سے یہ سب آفت آپ پر آئی۔ یہ انگوٹھی پہن کر آپ کی بجائے میں وہاں ضرور جاؤں گی۔

سوداگر : عسارہ بیٹی نادانی نہ کرو۔ وہاں جان کا خطرہ ہے۔ وہاں کوئی بھوت ہے جو تمہیں نگل جائے گا۔

عسارہ : ابا جان !اب جو کچھ بھی ہو میں جاؤں گی ۔ یہ لیجیے میں انگوٹھی پہنتی ہوں ۔

سوداگر : عسارہ ۔ عسارہ ۔

عسارہ نے جب انگوٹھی پہنی تو اسی جزیرے میں پہنچ گئی ۔ جہاں سے سوداگر سنہرا پھول لایا تھا ۔ وہاں کے نظارے اور خوبصورت جگہیں اسے بہت پسند آئیں ۔ جب وہ آگے گئی تو ایک ندی آگئی لیکن اسے پار کرنے کی کوئی صورت نہ تھی ۔ اتنے میں عسارہ نے دیکھا کہ ایک بڑا سا گلاب کا پھول تیرتا ہوا اس کے قریب آیا ۔ جس میں عسارہ بڑی آسانی سے بیٹھ سکتی تھی ۔ چار خوبصورت سفید بطخیں اس پھول کی پتیوں کو اپنی چونچوں سے پکڑ کر ندی کے پار تک پہنچیں ، جہاں عسارہ اتر گئی ۔ عسارہ کی حیرت برابر بڑھ رہی تھی ۔ اچانک اسے وہی محل دکھائی دیا ۔ جب وہ محل میں داخل ہوئی تو ایک آواز آئی

غیبی آواز : السلام علیکم ۔ اے میری مہربان ۔

عسارہ : اے میرے غیبی میزبان تم پر بھی سلامتی ہو ، میں اپنے باپ کا وعدہ پورا کرنے آئی ہوں ۔

غیبی آواز : میں جانتا ہوں کہ تم ایک بہادر اور سچی لڑکی ہو۔ تم نے واقعی اپنے ابا کی جان بچالی ۔ میں بہت خوش ہوں اور اب تم اس محل کی مالک ہو۔ یہ ہیرے موتی ، زیورات ، پھول ، باغ اور تمام نعمتیں تمہاری ہیں۔ تمہیں یہاں کوئی تکلیف نہیں ہوگی۔

عسارہ : میرے اچھے میزبان تمہارا بہت بہت شکریہ لیکن میں ان تمام خوبصورت چیزوں کے باوجود اپنے باپ اور بہنوں سے جدا نہیں رہ سکتی۔ اس لیے میں گھر واپس جانا چاہتی ہوں۔

غیبی آواز : (بھرائی ہوئی آواز میں) تو کیا واقعی تم مجھے چھوڑ کر چلی جاؤ گی! اچھا تم کچھ روز یہاں رہو تمہیں بہلانے کے لیے یہاں ہر قسم کا سامان موجود ہے۔

عسارہ : ایک شرط پر میں رک سکتی ہوں۔

غیبی آواز : وہ کیا؟

عسارہ : تم اپنی صورت مجھے دکھاؤ۔

غیبی آواز : نہیں میں اپنی صورت تمہیں نہیں دکھا سکتا۔ میری شکل بہت بری ہے۔ جسے دیکھ کر تم ڈر جاؤ گی اور مجھ سے نفرت کرنے لگو گی۔

عسارہ : نہیں میں تم سے نفرت نہیں کروں گی۔ تم سامنے تو آؤ۔

غیبی آواز : میری شکل ایک درندے کی طرح ہے تم ضرور ڈر جاؤ گی۔

عسارہ : کچھ بھی ہو میں ضرور تمہیں دیکھوں گی۔

غیبی آواز : لیکن اگر تم چاہو تو مجھے اپنی اصلی شکل واپس مل سکتی ہے۔

عسارہ : وہ کیسے ؟

غیبی آواز : تمہیں اپنے خون کی ایک بوند اس سنہرے پھول میں ڈالنی ہوگی، لیکن نہایت سچے دل سے، ورنہ میری شکل اور زیادہ بگڑ جائے گی۔

عسارہ : میں خون کی ایک بوند چھوڑ اپنا سارا خون نچوڑنے کو تیار ہوں، مگر وہ سنہرا پھول تو میرے گھر ہے۔

غیبی آواز : نہیں وہ پھول اپنی جگہ پر آچکا ہے۔ وہ دیکھو۔

عسارہ : ہاں یہ وہی پھول ہے، میں نہایت سچے دل سے اس پھول میں اپنے خون کا قطرہ ڈالوں گی۔

غیبی آواز : لیکن ٹھہرو۔ اس پھول کے ساتھ ہی ایک پودا ہے جس کے ساتھ سیاہ کانٹے ہیں۔ ان میں سے کسی کانٹے پر اپنی انگلی رکھ دو اور جب خون بہنے لگے تو سنہرے پھول میں ایک قطرہ ٹپکا دو۔

عسارہ : بہت اچھا۔ یہ لو میں ابھی انگلی کانٹے پر رکھتی ہوں۔ اوئی۔

غیبی آواز : عسارہ

عسارہ : کون؟ اے خوبصورت شہزادے تو کون ہے؟

شہزادہ : میں وہی ہوں جس کے لیے تم نے اپنا خون پھول میں ڈالا۔ مجھے ایک ڈائن نے جنگلی جانور بنا دیا تھا اور جب تک کوئی معصوم لڑکی اپنا خون اس سنہری پھول میں نہ ڈالتی، میں انسان نہ بن سکتا تھا۔ اب میں انسان ہوں۔

عسارہ : تو چلو میرے ساتھ چلو۔ میرے ابا تمہیں دیکھ کر بہت خوش ہوں گے۔

شہزادہ : اور یہ سنہرا پھول؟

عسارہ : یہ بھی لیتے چلو۔

عسارہ اور شہزادہ سوداگر کے گھر پہنچے اور جب یہ کہانی اسے سنائی تو وہ بہت خوش ہوا۔ کچھ دنوں کے بعد عسارہ اور شہزادے کی شادی ہو گئی اور وہ ہنسی خوشی

رہنے لگے۔ ان کے گھر میں جو سب سے زیادہ خوبصورت چیز تھی، وہ سنہرا پھول تھا۔

***

سلیٹ

احمد ندیم قاسمی

ننھا عزیز سر پر ایک غلیظ سا بستہ رکھے تھکے تھکے قدم اُٹھائے ہولے ہولے گنگناتا جا رہا تھا۔

تعریف اس خدا کی جس نے جہاں بنایا
کیسی زمیں بنائی کیا آسماں بنایا

اس نے اچانک قدم روک لیے اور زمین کو بڑی سنجیدگی سے دیکھنے لگا، پھر بستے کو دونوں ہاتھوں سے تھام کر اُوپر دیکھا۔۔۔ ہلکا نیلا آسمان جس پر دو چار چیلیں منڈلا

رہی تھیں۔ اس نے مسکرانے کی کوشش کی۔۔۔ مگر مسکراہٹ پر حیرت نے فتح پالی۔

کیسی زمیں بنائی کیا آسماں بنایا

وہ اپنی انگلی دانتوں میں دبائے کچھ سوچتا ہوا قدم اُٹھانے لگا۔ ایک دوبار مویشیوں کے گلّوں نے اُسے تکلیف دی اور وہ ایک طرف دیوار سے چمٹ کر ہر بیل کو خوف سے گھور گھور کر دیکھنے لگا۔ اچانک اس کی نگاہیں ایک جوان بیل کے مرمرا ایسے سفید سموں پر جم گئیں اور پھر اس نے اپنے میلے کچیلے پاؤں کی طرف دیکھا جو پرانی چپل میں مُردہ رُوحوں کی طرح پڑے تھے۔۔۔ میل سے بھرے ہوئے بے جان اور بدصورت۔۔۔ اس کے ذرا سے دماغ نے ایک بہت بڑی تجویز سوچی۔۔۔ اگر مجھے اللہ میاں کہیں ملیں تو میں پہلے اُنھیں سلام کر کے (کیونکہ ماسٹر جی نے بڑوں کو سلام کرنے کی زبردست تلقین کر رکھی تھی) یہ عرض کروں گا: اچھے اللہ! انسان کے پاؤں بڑے خراب ہیں۔ انسان چلتا پھرتا ہے۔ بھاگتا دوڑتا ہے، تو اس کے پاؤں میں کنکر کانٹے چبھ جاتے ہیں۔ میل جم

جاتا ہے، کئی بار زخمی ہو جاتے ہیں پاؤں۔۔۔ اگر یہ بیلوں کے سُموں کی طرح ہڈی کے بنے ہوئے ہوں، تو کیا حرج ہے؟

وہ یہ سوچ ہی رہا تھا کہ سامنے سے اُسے گاؤں کا سب سے بڑا رئیس مشکی گھوڑے پر سوار نظر آیا۔ اس کی گرگابی سورج کی شعاعوں میں شیشے کی طرح چمک رہی تھی اور جب وہ عزیز کے پاس سے گزرا تو آپ سے آپ عزیز کی نگاہیں اس کے پاؤں پر جم گئیں جو دودھ کی طرح سفید تھے۔ اُس نے آسمان کی طرف دیکھا جیسے خدا سے اپنی غلط دُعا واپس مانگ رہا ہے۔ اتنے اچھے۔۔۔ ایسے صاف پاؤں۔۔۔ سُم کیا ہے ان کے مقابلے میں۔۔۔! مگر میں بھی تو ایک انسان کا بیٹا ہوں۔۔۔ میرے پاؤں اتنے غلیظ کیوں ہیں؟ یہ اُلٹی بات اُس کی سمجھ میں نہ آتی تھی۔

وہ اس سوچ میں غرق آہستہ آہستہ جا رہا تھا کہ اچانک اُسے رستے میں اُبھرے ہوئے ایک پتھر سے ٹھوکر لگی۔ بستہ اُچھل کر دُور کنکروں پر جا گرا اور اس کے دائیں پاؤں کے انگوٹھے سے خون جاری ہو گیا۔ اُسے پھر ایک ثانیے کے لیے بیل کے سُموں کے فوائد کا خیال آیا، مگر درد کی شدت نے اس کے دماغ میں

ہلچل مچادی۔ اس نے چیخ کر رونا چاہا، مگر سامنے اسکول کے برآمدے میں ماسٹر جی کھڑے ہاتھوں میں کھرا مٹی کا ایک ٹکڑا اُچھال رہے تھے۔ اس کی چیخ حلق تک آئی اور وہ کڑوی دوا کی طرح آنکھیں بھینچ کر پی گیا۔ زخم پر مٹی ڈال کر اُٹھا۔ بستے کو چھوا، تو اس کا دل دھک سے اس کی ایڑیوں میں جا گرا۔ اس کی سلیٹ ٹوٹ گئی تھی۔ اب وہ ضبط نہ کر سکا اور پورے زور سے رونے لگا۔

ماسٹر جی بڑے رحم دل تھے۔ دوڑے دوڑے آئے، ننھے کو تسلی دیتے ہوئے کہا: بچے! اُٹھ...! میں آج تجھے کچھ نہ کہوں گا۔ آج کاغذ پر سوال نکال لینا، کل سلیٹ خرید لانا اور ہاں! اَب لوہے کی سلیٹ خریدنا، جیسے اصغر کی ہے۔

اصغر کی...! عزیز نے سوچا۔ مگر اصغر کا باپ تو پٹواریوں کا بڑا افسر ہے اور میرا باپ پٹواری اور جنگل کے داروغے کی گائے بکریوں کے لیے چارہ کاٹنے والا۔ لوہے کی سلیٹ پر تو بڑے پیسے خرچ آئیں گے اور کل رات ہم لوگ پیسے نہ ہونے کی وجہ سے بھینسے کا گوشت نہ خرید سکے! اب کیا ہو گا؟

اس نے بستہ سر پر اُٹھا لیا۔ غیر ارادی طور پر اس کی انگلیاں بستے کے اندر کھڑکھڑاتے ہوئے سلیٹ کے ٹکروں کو ٹٹولنے لگیں اور جب وہ لڑکوں کے

جمگھٹ میں داخل ہوا، جو اس کی چیخیں سن کر اسکول کے احاطے سے باہر اکٹھے ہو گئے تھے تو اس کا چہرہ فخر سے لال ہو گیا۔ ماسٹر جی اس کی انگلیاں تھامے ہوئے تھے اور لڑکے بھی اس کی طرف ہمدردانہ نگاہوں سے دیکھ رہے تھے، کیونکہ ماسٹر جی نے اس سے ہمدردی کی تھی۔

چٹائی پر بیٹھ کر اس نے بستے سے سلیٹ کے ٹکڑے یوں نکالے جیسے اپنے سینے سے دل کے ٹکڑے نکال رہا ہے۔ ایک بڑا ٹکڑا اپنے پاس رکھ لیا اور باقی دُور ایک

جھاڑی میں پھینک آیا۔ ماسٹر جی سوال لکھوانے لگے، تو پہلے اس نے اپنی سلیٹ کی طرف دیکھا، جس کے بے شمار کنارے چاقو کی دھار کی طرح تیز تھے، پھر پیچھے مُڑ کر قطار کے آخری سرے پر اصغر کی سلیٹ کی طرف دیکھا۔ نئی سلیٹ جس کے ساتھ ایک مٹھی بھر اسفنج لٹک رہا تھا۔ اس نے نفرت سے اپنی ننھی سی ناک چڑھا کر اپنی سلیٹ پر زور سے تھوکا اور ہتھیلی سے مَل کر سوال حل کرنے لگا۔

چھٹی کے بعد وہ گھر واپس آ رہا تھا کہ رستے میں اُسے اپنا باپ مل گیا، جو پٹواری کی گائے کے لیے چارہ کاٹ کر لا رہا تھا۔

اس کے رونگٹے کھڑے ہو گئے اور پھر ہر رونگٹے کی جڑ سے پسینہ پھوٹ نکلا۔۔۔ سلیٹ کے ٹکڑے کے تیز کنارے اس کے دماغ کو چیرنے لگے۔

باپ نے پوچھا : بیٹا! چھٹی ہو گئی ؟

ہاں ابا۔۔۔! ابا کہتے وقت اس کا حلق گھٹ گیا، لیکن کھانسی کا بہانہ کر لیا اور پھر اس غیر متوقع کامیابی پر جی ہی جی خوش میں ہونے لگا۔

گھر جا کر سلیٹ پر خوب سوال نکالنا۔

سلیٹ تو ٹوٹ گئی ہے۔ اس نے یہ جواب دینا چاہا، لیکن اس کی نظر باپ کے بھاری اور کھردرے ہاتھ پر پڑ گئی جو اس کے گال پر پڑتا تھا تو اُسے دن کے وقت میں بھی نیلے پیلے تارے نظر آنے لگتے تھے۔ اِس لیے وہ خاموش رہا۔ اس کے باپ نے پیچھے مڑتے ہوئے کہا : سُنا؟

ہاں۔۔۔!

اس کا باپ پٹواری کے گھر کی طرف چلا گیا اور وہ اپنے گھر آ گیا۔ ماں کو دیکھ کر اس کا جی بھر آیا۔ آنسو اُمڈ آئے اور وہ زار زار رونے لگا۔

کیوں میرے بچے! تیرے دشمن روئیں تو کبھی نہ روئے۔ میرے بچے کیا بات ہے؟ یہ کہتے ہوئے ماں بڑی محبت سے اس کے سر اور گالوں پر ہاتھ پھیرنے لگی۔

ماں میری سلیٹ ٹوٹ گئی۔ اس کی ماں دھم سے دیوار سے پیٹھ لگا کر بیٹھ گئی۔ جیسے اس کا نالائق بیٹا عمر بھر کی کمائی دریا میں بہا آیا ہے۔

عزیز نے روتے ہوئے اپنی باچھوں کو پوری قوت سے ٹھوڑی کی طرف کھینچتے ہوئے کہا: اماں! ابا کو نہ بتانا۔"

ماں نے اپنے کنگن کو مضطربانہ اپنی کلائی میں گھماتے ہوئے پوچھا: تو پھر کیا سر پر نکالے گا سوال؟

عزیز سوچنے لگا کہ اگر سر پر سوال نکالے جا سکتے تو وہ روتا ہی کیوں؟ اس کی ماں کتنی بھولی ہے۔ آخر اَن پڑھ ہے نا۔ پڑھی لکھی ہوتی تو اُسے معلوم ہوتا کہ سوال سر پر نہیں، صرف سلیٹ پر نکالے جا سکتے ہیں۔

اس دن نہ اس نے ماں سے گُڑ مانگا، نہ جوار کے ہلکے پھلکے مرنڈے۔ نہ کبڈی کھیلا نہ آنکھ مچولی۔۔۔ اس کے ہمجولی اس کے پاس اکٹھے ہو گئے اور مجبور کرنے لگے کہ باہر چلو، لیکن ایک سیانا لڑکا پیچھے سے مجمع کو چیرتا ہوا آیا اور بولا: ارے یار! جیبی کو مت چھیڑو۔ اس کی سلیٹ ٹوٹ گئی ہے۔

عزیز کے دل پر جیسے کسی نے من بھر کا ہتھوڑا جما دیا۔ کانپ اُٹھا کہ کہیں باپ تو نہیں آگیا، لیکن بیل کے چارے کے انتظار میں کان کھڑے ہو گئے جو دروازے کی طرف دیکھ رہے تھے اور ماں چولہے کے پاس بیٹھی ٹین کے پترے سے ساگ کُتر رہی تھی۔

بس وہ چارپائی پر پڑا رہا اور کچھوے خرگوش کی کہانی پڑھتا رہا۔ اچانک اُس کی اُداس آنکھیں چمک اُٹھیں۔

جیسے...!اور پھر اُسے اپنے آپ پر اتنا غصہ آیا کہ جی میں آیا، ابھی اپنے آپ کو قبر میں دفن کر دے اور اپنی موت پر ایک آنسو تک نہ بہائے اور پھر خوشی خوشی اسکول۔۔۔ اس کا دماغ گھومنے لگا۔ جتنا خیالات کا سلسلہ بڑھتا جاتا تھا، اس کی

وحشت میں اضافہ ہوتا جاتا تھا اور جب اندھیرا بڑھنے لگا تو اس کی ماں پکاری : جی جے اِدھر آ! روٹی ٹھنڈی ہو رہی ہے۔

تو بے اختیار اس کے منہ سے یہ الفاظ نکل گئے : اماں! میری سلیٹ جو ٹوٹ گئی ہے۔

کب ؟ مگر یہ ماں کی آواز نہ تھی۔ اس نے سامنے دیکھا۔ اس کا باپ بڑی بڑی آنکھیں نکالے اس کی طرف بڑھا آ رہا تھا۔

کب توڑی...؟

اس نے اپنے آپ کو قبر میں دفن کرنے کی تجویز پر پھر غور کرنا چاہا، مگر باپ کے تھپڑ نے اس کے سلسلہ خیالات کو بُری طرح منتشر کر دیا اور وہ اتنا رویا۔۔۔ اتنا رویا کہ آخر اُسے رونے میں لطف آنے لگا۔ وہ اپنا رونا بند نہیں کرنا چاہتا تھا، کیونکہ اس طرح ماں کی تسلیوں کے رُک جانے کا اندیشہ تھا۔

چپ کرتا ہے یا لگاؤں ایک اور؟ اور اس کی آواز یوں رُک گئی، جیسے ریڈیو سے کسی میم کا گانا سنتے سنتے تنگ آ کر ہندوستانی لوگ پیچ گھما دیتے ہیں۔

سلیٹ بھی توڑ آیا اور ریں ریں بھی کیے جاتا ہے۔۔۔ اندھا۔۔۔ اندھے تو سامنے دیکھ کر کیوں نہیں چلتا؟۔۔۔ ہیں۔۔۔! یہ ہمیشہ تیری نظر آسمانوں پر کیوں رہتی ہے؟ جیسے اللہ میاں سے باتیں ہو رہی ہیں۔۔۔! اندھا۔۔۔ تُو تو مجذوب ہے

مجذوب۔۔۔! کتنی بڑی گالی دی ہے ابا نے۔۔۔ ابا کی جگہ کوئی اور ہوتا تو میں اُسے اٹھارہ بار مجذوب کہہ ڈالتا۔

اور جب اس کا باپ اُٹھ کر چوپال کو چلا گیا تو اس نے نہایت رازدارانہ لہجے میں پوچھا: ماں! مجذوب کسے کہتے ہیں؟

جسے اللہ میاں کے سوا کسی کا خیال نہ ہو۔۔۔ یعنی اللہ میاں کا دوست۔

اور عزیز سوچنے لگا: اللہ میاں کا دوست ہونا کیا بُری بات ہے؟

وہ صبح اُٹھا تو باپ اس کے سرہانے کھڑا تھا۔

اُٹھتا بھی ہے اب کہ جماؤں ایک۔۔۔؟ بے فکر۔۔۔! لے یہ چونی، تیری خاطر دس آدمیوں کی داڑھیوں کو ہاتھ لگانا پڑا۔ ابھی قصبے سے جا کر سلیٹ خرید لا۔ اسکول کے وقت آجائیو۔۔۔ سمجھے؟

عزیز نے چارپائی سے اُٹھ کر زمین پر قدم دھرا تو اُسے یوں محسوس ہوا، جیسے اس کا دل اس کی پسلیوں تلے ناچ رہا ہے اور اس کی آواز کے ساتھ اس کے ہونٹ کانپ رہے ہیں، آنکھیں آپ ہی آپ جھپکی جا رہی ہیں، نتھنے پھڑک رہے ہیں، رگ رگ دھڑک رہی ہے۔

وہ باپ سے چونی چھین کر دوڑا ہی تھا کہ اُسے ایک آواز سنائی دی : ارے مجذوب! جوتا تو پہنتا جا، تیرا تو سر پھر گیا ہے۔

اس نے مُڑنے سے پہلے اپنے سر پر ہاتھ پھیرا۔ اس کا خیال تھا اس کا چہرہ پیٹھ کی طرف ہو گیا ہے۔ باپ کے تھپڑ کی وجہ سے آخر سر پھرنے کا اور کیا مطلب ہے؟ اور جب اُسے تسلی ہو گئی کہ وہ اپنی پرانی حالت پر قائم ہے تو اُسے تعجب ہونے لگا کہ اس کا باپ اتنا جھوٹ کیوں بولتا ہے؟

وہ جوتا پہن کر بھاگا۔ قصبہ وہاں سے ایک میل دُور تھا۔ چونی اس کی قمیص تلے پہنی ہوئی پرانی سیاہ صورت کی واسکٹ کی جیب میں تھی۔ جسے اس نے مضبوطی سے ہاتھ میں دبا رکھا تھا۔ ایک دو بار اس نے چونی کے گول گول کونوں کو ٹٹولا۔

چونی اس کی جیب میں موجود تھی اور نئی سلیٹ قصبے کی ایک دکان میں اس کی منتظر۔۔۔

ایک جگہ وہ قدرے سستانے کے لیے بیٹھ گیا۔ اچانک سامنے جھاڑی سے اصغر نکلا۔ اس کے ہاتھ میں اپنی نئی سلیٹ تھی۔ جس کے ساتھ مٹھی بھرا اسفنج لٹک رہا تھا۔ اصغر نے اپنی سلیٹ کو فخریہ انداز سے ہوا میں گھمایا اور عزیز نے محسوس کیا، کہ اس کے ہاتھ میں بھی نئی سلیٹ ہے جو ٹین کی طرح بجتی ہے اور جس کے ساتھ ماسٹر جی کی ناک جتنا موٹا اسفنج لٹک رہا ہے (ماسٹر جی کی ناک عزیز کی مٹھی سے بڑی تھی)۔

اصغر کی آنکھیں جھک گئیں اور وہ پلٹ کر پھر جھاڑی میں گم ہو گیا۔

کتنا پیارا خیال! کیسا سندر سپنا! وہ کھلکھلا کر ہنس پڑا اور پھر دوڑنا شروع کر دیا۔ قصبے کے تنگ و تاریک بازار کی دکانیں کھل چکی تھیں۔ وہ سلیٹوں والی دکان کو خوب پہچانتا تھا۔ دکان دار ایک موٹا سا سیٹھ تھا، جس نے اپنی ڈھیلی ڈھالی توند اپنے گھٹنوں پر پھیلا رکھی تھی۔ وہ صرف ایک دھوتی باندھے ہوئے تھا۔

عزیز ہانپتے ہانپتے اس کے پاس گیا۔

سلیٹیں ہیں؟ یہ سوال اس نے اس انداز سے پوچھا، گویا وہ ساری دکان خرید نے آیا ہے۔

دکان دار نے اپنی ناف پر سے بھنبھناتی مکھیاں اُڑاتے ہوئے جواب دیا : ہاں!

دکھاؤ۔۔۔!

دکان دار نے اپنے بازو زمین پر ٹیک کر اُٹھنے کی کوشش کی اور بہت دیر تک اسی حالت میں ہانپتا رہا۔

۔۔۔!عزیز پکارا : لالہ جی

ہاں بھائی ہاں۔۔۔ دکان دار اُٹھ کھڑا ہوا اور عزیز کے سامنے دس پندرہ سلیٹیں رکھ دیں۔

لوہے کی ہیں؟

سب لوہے کی ہیں۔

دام۔۔۔؟

تین آنے۔۔۔!

ایک آنہ بچ گیا۔ عزیز کے گال تمتمانے لگے۔ اس کی ننھی سی ناک پر اس کے کھلے سفید ماتھے پر اس کے بھرے بھرے سے نچلے ہونٹ کے تلے پسینہ پھوٹ آیا۔ اُسے محسوس ہوا، جیسے وہ ابھی یہاں سے دکان سمیت ہوا میں اُڑ جائے گا۔

اسفنج ہیں ؟

ہاں۔۔۔!

سب سے بڑے اسفنج کے دام ؟

چار پیسے۔۔۔!

عزیز خوشی سے ناچنا چاہتا تھا۔ ایک بار تو اُس کے جی میں آیا کہ دکان دار سے لپٹ کر گائے۔

تعریف اس خدا کی جس نے جہاں بنایا

دونوں چیزیں لے کر اس نے جیب میں ہاتھ ڈالا۔ اس کی انگلیاں جیب سے باہر نکل گئیں۔ چونی راستے میں گر گئی تھی۔

***

جادو کی کیتلی

افسر میرٹھی

جاپان میں یہ خیال عام ہے کہ بھوت پریت اکثر بلی لومڑی یا بجو کی شکل میں پھرا کرتے ہیں۔ بلی اور لومڑی والے بھوت تو خطرناک سمجھے جاتے ہیں لیکن بجو والا بھوت کسی کو ستاتا نہیں بلکہ وہ ہلکی پھلکی شرارتیں کر کے لوگوں کا دل بہلاتا ہے اور انہیں خوش کرتا اور ہنساتا ہے۔

اکثر ایسا ہوا ہے کہ کسی سنسان سڑک سے گزرنے والے مسافر کے کانوں میں پاس کے جنگل سے ڈھول بجنے کی آوازیں آنے لگیں اور جب مسافر نے وہاں

جا کر دیکھا تو معلوم ہوا کہ بجو صاحب اپنے پچھلے پیروں پر کھڑے ہوئے شور مچا رہے ہیں، بے چارہ مسافر گھبرا کر بھاگا اور بجو صاحب قہقہہ لگا کر ہنس پڑے۔

اب سنو ایک تھا کسی مندر کا پروہت اور اس کے پاس تھی ایک تانبے کی کیتلی۔ اس کیتلی میں پانی گرم کر کے وہ چائے بنایا کرتا تھا۔ ایک دن جو وہ چائے بنانے کے لیے کیتلی اٹھانے چلا تو دیکھتا کیا ہے کہ کیتلی میں سے ایک سر جھانک رہا ہے اور اس کی ٹونٹی میں سے بچوں کے دو ہاتھ نکلے ہوئے ہیں پروہت غریب بہت ڈرا اور اپنی جھونپڑی کی طرف بھاگا منہ پھیر کر دیکھا تو وہ کیتلی بھی جھومتی ہوئی اس کے پیچھے پیچھے چلی آرہی تھی، پروہت جلدی سے بھاگ کر اپنی کٹی میں گھس گیا اور اندر سے کواڑ بند کر لیے۔ پھر اسے اپنی کیتلی میں سے قہقہوں کی آواز سنائی دی تھوڑی دیر بعد جب پروہت نے جھانکا تو کیتلی زمین پر رکھی ہوئی تھی اور سر اور ہاتھ سے غائب تھے۔ پروہت کٹی سے نکلا اور ڈرتے ڈرتے کیتلی کو اٹھایا اور اسے ایک بکس کے اندر بند کر دیا۔

اگلے دن ایک ٹھیٹرا اس گاؤں سے گزرا جہاں پروہت رہتا تھا پروہت نے سوچا لاؤ اس کے ہاتھ وہ کیتلی بیچ کیوں نہ ڈالیں، ایسی چیز گھر میں نہیں رکھنی چاہیئے، خدا

جانے کیا نقصان پہنچا دے، جب ٹھیٹرا اس کی طرف آیا تو پروہت نے وہ کیتلی اسے دکھائی اور اونے پونے داموں میں اس کے ہاتھ فروخت کر دی۔

ادھر ٹھٹیرا چند ٹکوں میں اتنی عمدہ کیتلی لے کر بہت خوش ہوا ادھر پروہت سوچنے لگا کہ آج ٹھٹیرے کو خوب الو بنایا۔

کیتلی پر تو تم جانو بجو کا قبضہ تھا ہی، وہ بھلا کب اپنی حرکتوں سے باز آنے والا تھا، رات کو جب ٹھٹیرا سو رہا تھا تو اس بورے میں سے جس میں اس نے کیتلی رکھ چھوڑی تھی طرح طرح کی آوازیں نکلنی شروع ہوئیں ٹھٹیرے کی آنکھ کھل گئی، وہ بہت حیران ہوا کہ یہ آواز کیسی ہیں، اٹھ کر بورے کو کھولا تو وہ پروہت والی کیتلی بورے سے نکل کر ناچنے لگی۔ کیتلی کے منہ میں سے بجو کا منہ اور اس کی ٹونٹی میں سے اس کے دونوں ہاتھ نکلے ہوئے تھے۔

ٹھٹیرا یہ تماشا دیکھ کر ڈرا نہیں بلکہ وہ بجو کی حرکتوں پر بہت ہنسا، پھر اسے خیال آیا کہ یہ تو بڑی دلچسپ چیز ہے، ایسی عجیب کیتلی کس نے دیکھی ہوگی، لاؤ اس کا نام جادو کی کیتلی رکھ دیں اور اس کا تماشا دکھا کر روپے کمائیں۔ ٹھٹیرے کے کام میں تو کچھ پلے نہیں پڑتا کیتلی کے تماشے سے پیٹ بھر کھانا تو مل جایا کرے گا۔

آخر ٹھٹیرے نے بجو کیتلی کو طرح طرح کے ہنسنے ہنسانے والے کرتب سکھا کر پھیری لگانی شروع کی، اس کیتلی کا تماشا جو دیکھتا ہنستے لوٹ جاتا۔

ٹھٹیرا دور دور مشہور ہوگیا، اس کا تماشا لوگ بڑے شوق سے دیکھتے تھے، جہاں جاتا ہزاروں آدمیوں کی بھیڑ لگ جاتی، اس کی بجو کیتلی کرتب دکھاتی رسی پر چلتی، درختوں پر چڑھتی وہاں سے کودتی اور جاپانی گتوں پر ناچتی۔ نوابوں اور راجاؤں کی طرف سے اس کو بلاوے آنے لگے اور وہ بڑے بڑے محلوں اور حویلیوں میں جا کر اپنی مشہور کیتلی کا تماشا دکھانے لگا۔

ہوتے ہوتے ٹھٹیرا خوش حال ہوگیا اور بہت آرام اور آسائش سے زندگی بسر کرنے لگا اور کافی روپیا اس نے جمع کرلیا۔ اب اس کیتلی لیے پھرنا اور گھر گھر کے پھیرے لگانا اچھا نہیں معلوم ہوتا تھا۔ آخر ٹھٹیرے نے، تانبے پیتل کے برتنوں کی ایک بڑی سی دکان کھول لی۔

بازی گری کا پیشہ ترک کرنے کے بعد بھی ٹھٹیرا کیتلی سے دل بہلایا کرتا تھا۔ اسے کیتلی والے بجو سے محبت تھی۔ بجو اس کے اشاروں پر چلتا تھا۔ مگر کیتلی کے کھیل دھندوں میں لگے رہنے سے اس کا وقت بہت ضائع ہوتا تھا اور دکان کی

دیکھ بھال وہ ٹھیک طریقے سے نہیں کرسکتا تھا۔ آخر مجبور ہو کر اس نے یہ فیصلہ کرلیا کہ اس کیتلی کو اس پروہت کے سپرد کر دینا چاہیئے جس سے اسے خریدا تھا، وہ اسے واپس لے کر بہت خوش ہوگا۔

پروہت اپنی کیتلی کی شہرت بہت دن سے سن رہا تھا اور سوچا کرتا تھا کہ میں خواہ مخواہ بجو سے ڈر گیا، بجو کسی کو ستاتا نہیں ہے بلکہ اپنی حرکتوں سے سب کو ہنساتا ہے، میں نے بڑی غلطی کی کہ وہ کیتلی اتنی سستی بیچ ڈالی۔

ٹھٹیرا جب کیتلی لے کر پہنچا تو پروہت بہت خوش ہوا، اس نے کیتلی حاصل کر کے ٹھٹیرے کا بہت شکریہ ادا کیا اور ٹھٹیرے کو اس کے دام واپس دینے لگا۔

مگر ٹھٹیرے نے کہا کہ "میں دام واپس نہیں لوں گا" میں نے اس کیتلی سے بہت روپیا کمایا اور ایک دوکان بھی کھول لی جو عمر بھر کے لیے میری گزر بسر کا ذریعہ بنی رہے گی، یہ کیتلی تو میں آپ کو بہ طور تحفے کے پیش کرنے آیا ہوں۔"

مگر اس مرتبہ پروہت کے پاس آکر کیتلی ہر دوسری کیتلی کی طرح پانی گرم کرنے کا ایک برتن رہ گئی، نہ وہ اب ناچتی تھی نہ کرتب دکھاتی تھی نہ کھیلتی کودتی تھی۔

بجو کو ٹھٹیرا پسند تھا، پروہت نہیں۔

★★★

وہ کون تھی؟

پروین شاکر

بہت دنوں کی بات ہے، کسی گاؤں میں ایک جلاہا رہتا تھا کرمو! اس بے چارے کے پاس ایک ہی کھڈی تھی جس پر وہ اور اس کی بیوی، دن رات ایک کر کے کپڑا بنتے اور پھر قریبی قصبے میں جا کر اسے بیچ آتے۔ اس طرح ان کی دال روٹی چل رہی تھی، چونکہ ان دونوں کی کوئی اولاد نہ تھی اس لیے انھیں کوئی بہت زیادہ کمانے کی پریشانی بھی نہ تھی، مگر وہ اداس ضرور رہتے تھے۔ کرمو کا گاؤں ملک کے ایک ایسے حصے میں واقع تھا جہاں زیادہ تر برف جمی رہتی تھی، بس اگست

سے اکتوبر تک موسم ذرا بہتر ہو جاتا تھا پھر بھی برف باری کی وجہ سے شہر جانے والا راستہ کئی کئی دن بند رہتا اور غریب کرمو اور اس کی بیوی کو کبھی کبھی تو بھوکا ہی سونا پڑتا۔

یہ مارچ کی ایک صبح کا واقعہ ہے۔ کرمو کی بیوی نے ناشتے پر اپنے شوہر کو بتایا کہ بس ڈبل روٹی اور پنیر کا یہ آخری ٹکڑا ہے جو وہ کھا رہے ہیں۔ اب گھر میں رات کے کھانے کے لیے کچھ بھی نہیں۔ کرمو نے اپنی بیوی کو تسلی دی اور کہا کہ وہ فکر نہ کرے اور وہ کپڑا، جو دو تین دن کی بارشوں میں اس نے بُن کر رکھا ہے، کرمو کو دے دے۔ شام تک خدا ضرور کوئی نہ کوئی بندوبست کر دے گا۔ بیوی کے ماتھے پر بل پڑ گئے مگر وہ بولی کچھ نہیں، البتہ کرمو کے جانے کے بعد وہ بارش پر برستی رہی اور برف باری کو جہنم میں جانے کو بد دعائیں دیتی رہی۔ وہ ویسے بھی میدانوں کی رہنے والی تھی اور اسے پہاڑی علاقوں کی اچانک اور طوفانی بارشیں ایک آنکھ نہیں بھاتی تھیں۔

بازار بہت دور تھا اور رستہ بے حد خطرناک۔ بارش کی وجہ سے پھسلن بھی اتنی ہو چکی تھی کہ چلنا آسان نہیں رہا تھا، ویسے بھی پہاڑوں پر چلنا خاصا مشکل کام ہے

مگر کرمو کی ساری زندگی انھی گھاٹیوں میں گزری تھی، سو وہ بہت احتیاط سے قدم رکھتا ہوا اپنی منزل کی طرف چل پڑا۔ پہاڑوں پر کوئی سیدھا راستہ تو ہوتا نہیں، بالکل سامنے کی چیز کے لیے اس قدر گھوم کر جانا پڑتا ہے۔ آج کرمو کو تھکن اور بھوک کی وجہ سے یوں بھی چڑھائی خاصی دشوار معلوم ہوئی لیکن اسے اچھی طرح معلوم تھا کہ اگر وہ اس طرح آدھے راستے سے گھر واپس چلا گیا تو اسے اپنی بیوی کی باتیں سننی پڑیں گی، غصے میں وہ اپنے نصیب پھوٹنے کا اس قدر شدّ ومد سے ذکر کرتی کہ اب اس کے ہمسایوں تک کو پوری تفصیل ازبر ہو چکی تھی۔ تقریباً دو بجے کرمو قصبے کے بازار پہنچا۔ اسے معلوم تھا کہ اس دفعہ کپڑا کچھ زیادہ نہیں اور کچھ بُنائی بھی اچھی نہیں ہوئی چنانچہ وہ ایک نسبتاً چھوٹی دکان کی طرف گیا اور جھجکتے جھجکتے دکان دار سے پوچھا: کیوں بھئی! یہ کپڑا لو گے؟

دکان دار نے کپڑے کو اِدھر اُدھر سے پلٹ کر دیکھا اور کچھ زیادہ اشتیاق نہ ظاہر کرتے ہوئے پوچھا: کتنے میں بیچو گے؟

کرمو نے ڈرتے ڈرتے کہا: پچاس روپے میں۔

ہیں !اس کپڑے کے ؟ دکان دار طنزیہ انداز میں بولا۔ جاؤ میاں ! کوئی اور دکان دیکھو، میں نے تو کپڑا اس لیے دیکھ لیا تھا کہ ضرورت مند معلوم ہوتے ہو۔ آج کل ویسے بھی کاروبار مندا ہے۔ برف باری کی وجہ سے لوگ کھانے پینے کی چیزیں زیادہ خرید خرید کر جمع کر رہے ہیں۔ ان کپڑوں کو کون پوچھتا ہے ؟

دنیا کے ہر دکان دار کی طرح یہ بھی بے حد باتونی تھا۔ کرمو نے اس کی تقریر سے گھبرا کر کہا : اچھا تم بتاؤ، تم کتنے کا لوگے ؟

میں ؟ دکان دار نے کچھ دیر کے لیے سوچا، پھر کہا : پندرہ روپے سے ایک پیسہ زیادہ نہیں دوں گا۔

پندرہ روپے ! کرمو کا گلا رندھ گیا۔ اسے اپنے مستقل خریدار یاد آ گئے جنھیں وہ اس سے کہیں زیادہ قیمت پر کپڑا بیچا کرتا تھا، مگر تب کپڑا زیادہ اور اس کی بُنائی بہتر ہوتی تھی۔ کرمو نے دل میں اپنے آپ کو سمجھایا اور پھر دکان دار سے چپ چاپ پندرہ روپے لے کر آگے بڑھ گیا۔

راستے میں اس نے کچھ کھانے پینے کی چیزیں خریدیں اور تیز تیز گھر کی طرف چل پڑا۔ پہاڑی علاقوں میں ویسے بھی بہت جلدی شام ہو جاتی ہے، پھر اندھیرے

میں سفر کرنا بہت خطرناک ہوتا ہے۔ کرمو اندھیرا ہونے سے پہلے پہنچ جانا چاہتا تھا۔ آخری ٹیلہ عبور کر کے کرمو ابھی وادی میں اترا ہی تھا کہ اسے اچانک محسوس ہوا کہ سامنے پائن کے درخت کے نیچے برف بالکل گلابی ہو رہی ہے۔

ہیں یہ کیا؟ کرمو حیران ہو کر درخت کی طرف بڑھا۔ پائن کے درخت کے بالکل نیچے ایک کونج بری طرح زخمی پڑی تھی۔ اس کے دائیں پیر کے عین نیچے ایک تیر لگا ہوا تھا، تو یہ برف کونج کے خون سے سرخ ہو رہی تھی، کرمو کی اب سمجھ میں آیا۔ کونج بے چاری آہستہ آہستہ کراہ رہی تھی۔ اس کراہ نے کرمو کے پاؤں پکڑ لیے۔ اس نے اپنے ہاتھوں میں تھامے ہوئے لفافے زمین پر رکھے اور آہستہ آہستہ، بڑی احتیاط سے تیر نکال دیا۔ کونج اگرچہ بہت نڈھال ہو چکی تھی مگر رہائی کا احساس اتنا خوش گوار تھا کہ نہ جانے کہاں سے اس میں قوت آ گئی۔ اس نے اپنے زخمی پَر پھڑپھڑائے اور سامنے درختوں کے جھنڈ کی طرف اڑ گئی۔ کونج ابھی فضا میں بلند ہوئی تھی کہ کہیں سے اس کا شکاری نازل ہو گیا۔

تم نے اڑائی ہے میری کونج؟ وہ چلّایا۔

ہاں بھائی! وہ بے چاری زخمی تھی۔ مجھ سے اس کی تکلیف نہیں دیکھی گئی۔ کرمو نے سر جھکا کر کہا۔

تکلیف کے بچے! اب رات کا کھانا مجھے کون دے گا؟ شکاری کے منہ سے جھاگ نکل رہا تھا۔

نہیں، نہیں! اتنا غصہ مت کرو میرے بھائی! تمھیں کھانا ہی چاہیے نا؟ تم یہ لے لو، اس میں پنیر اور ڈبل روٹی ہے، گوشت بھی ہے۔ یہ میں اپنے گھر لے جا رہا تھا، تم لے لو۔

کرمو نے اپنے سارے لفافے اسے تھما دیے۔

شکاری نے بڑبڑاتے ہوئے سارے تھیلے لے لیے اور شکریے کا ایک لفظ ادا کیے بغیر واپس اسی طرف چل پڑا، جدھر سے آیا تھا۔

گھر پہنچتے پہنچتے بالکل رات ہو چکی تھی اور اس کی بیوی برے وقت کے لیے بچائے ہوئے آلو بھون رہی تھی۔

شکر ہے، تمھیں گھر تو یاد آیا اور یہ تم خالی ہاتھ ہلاتے کیا چلے آ رہے ہو؟ کیا کیپڑا ہوا میں اڑ گیا؟ تم سے تو اب ذرا سی خرید و فروخت بھی نہیں ہوتی۔ اس سے تو بہتر

ہے کہ اب تم ہانڈی چولہا سنبھالو اور میں کپڑے بیچتی پھروں۔ غضب خدا کا، ذرا سا سودا سلف لانا تھا اور تم نے سارا دن گنوا دیا۔

کرمو اپنی بیوی کے کسی فل اسٹاپ کے بغیر بولتے رہنے سے اچھی طرح واقف تھا۔ اسے معلوم تھا کہ جب تک بیوی خود سانس لینے نہ رکے، اس سے کچھ کہنا سننا بے کار ہے۔ جب وہ بک جھک کر چپ ہو گئی تو کرمو نے اسے کونج کا قصہ سنانا چاہا۔

کونج! کونج کا کیا ذکر؟ کیا تم کونج خریدنے گئے تھے؟ بیوی غصے میں پھٹ پڑی۔

نیک بخت! بات تو سن، وہ بے چاری زخمی ہو گئی تھی۔ میں نے شکاری کا شکار خراب کیا تھا اس لیے۔۔۔

اس لیے تم نے سارا کھانا اس منحوس شکاری کو دے ڈالا۔ بیوی اب کے خلاف معمول آہستہ لہجے میں بولی: اچھا اب ہاتھ منہ دھو کر باورچی خانے میں آ جاؤ۔ آلو بھن چکے ہوں گے۔

یا اللہ! ان عورتوں کو سمجھنا کتنا مشکل ہے۔ کرمو نے موزے اتارتے ہوئے سوچا۔

ابھی کھانا کھا کر دونوں میاں بیوی آتش دان کے پاس جا کے بیٹھے ہی تھے اور بچی کچی لکڑیوں کو الٹ پلٹ رہے تھے کہ کسی نے دروازے پر دستک دی۔

پہلے تو وہ سمجھے کہ یہ ہوا کی دستک ہے لیکن جب دوبارہ دستک ہوئی تو کرمو نے کہا: دیکھنا چاہیے، اس طوفانی رات ہمارے گھر کون آیا ہے؟ شاید کوئی مسافر رستہ بھول گیا ہے۔

کرمو نے لکڑی کا دروازہ کھولا تو حیران رہ گیا۔ برف جیسے سفید اونی کپڑوں میں ملبوس ایک ننھی سی بچی کھڑی تھی۔

کیا میں اندر آ سکتی ہوں؟ لڑکی نے سردی سے کانپتے ہوئے پوچھا۔

آ جاؤ بیٹی، اندر آ جاؤ۔ کرمو نے محبت سے کہا۔

اتنے میں کرمو کی بیوی بھی سامنے آ گئی۔

کون ہے بھئی! کون ہے؟ اس نے آتے ہی تفتیش کی۔

میں ہوں، ماں جی! راستہ بھول گئی تھی۔ کیا میں کچھ دیر یہاں پناہ لے سکتی ہوں؟ بچی نے بڑی معصومیت سے کہا۔

کرمو کو ڈر تھا کہ کہیں اس کی بیوی خفا نہ ہونے لگے اور لڑکی سے فضول سوالات نہ شروع کر دے کہ اتنی رات گئے، ایسے موسم میں وہ باہر کیا کر رہی تھی، اور کب تک ان کے گھر پڑی رہے گی، وغیرہ وغیرہ۔ وہ اس کے غصے سے بہت ڈرتا تھا مگر آج اس کی بیوی نے اسے دوسری بار حیران کیا۔

کیوں نہیں میری بچی، ضرور، ضرور آؤ۔ یہ تمھارا ہی تو گھر ہے۔

کرمو ہکا بکا اپنی بیوی کو دیکھ رہا تھا جس نے کرمو کو درمیان سے بالکل ہٹا کر بچی کو اپنی بانہوں میں لے لیا۔ وہ اس کے بالوں میں اٹکی ہوئی برف ہٹا رہی تھی۔ وہ بچی کو باورچی خانے میں لے گئی اور اس کے لیے آلو گرم کیے اور تھوڑی دیر بعد وہ بچی کو ساتھ بٹھا کر بڑی محبت سے کھانا کھلا رہی تھی۔

یا اللہ! ان عورتوں کو سمجھنا کتنا مشکل ہے۔ کرمو نے آج دوسری بار سوچا۔

تھوڑی دیر بعد بچی کو اپنے بستر پر سلا کر وہ آتش دان کے پاس آ گئی۔

تم نے تو بھئی کمال ہی کر دیا آج۔ کرمو سے نہ رہا گیا۔

بیوی نے کوئی جواب نہیں دیا مگر آتش دان کی روشنی میں کرمو نے دیکھ لیا کہ اس کی پلکوں پر آنسوؤں کے قطرے چمک رہے ہیں۔ کرمو افسردہ ہو گیا۔ وہ جانتا تھا

کہ اس کی بیوی کو بے اولاد ہونے کا بہت دکھ ہے ۔ یہ جھگڑالو، دکھی، بدزبان عورت اس وقت اسے بہت اچھی لگی ۔

اس رات صبح تک برف باری ہوتی رہی ۔

صبح بھی تھوڑی ہی دیر کے لیے برف باری رکی تھی ۔ کچھ دیر میں پھر چاروں طرف روئی کے گالے سے بکھرنے لگے ۔ جیسے ساری دنیا کو کسی نے سفید رنگ سے رنگ دیا ہو ۔

ننھی بچی سارہ برف باری رکنے کا انتظار کرتے کرتے تھک گئی، موسم کسی طرح قابو ہی میں نہ آتا تھا ۔ وہ بوڑھے میاں بیوی کی غربت پر بھی بہت اداس تھی ۔ وہ دیکھتی کہ کس طرح دونوں اپنے اپنے حصے میں سے تھوڑا تھوڑا کھانا بچا کر اس کی خاطر مدارت میں مصروف رہتے ہیں ۔ خدا خدا کر کے برف باری بند ہوئی تو سارہ نے کرمو اور اس کی بیوی سے جانے کی اجازت مانگی ۔ سارہ نے دیکھا، کرمو کی بیوی کا چہرہ پہاڑوں پر جمی ہوئی برف کی طرح سفید پڑ گیا اور کرمو تیزی سے اپنے ناخن کترنے لگا ۔ وہ پریشانی کے وقت اکثر ایسا ہی کیا کرتا تھا ۔

بیٹی! ہمارے پاس رہنے میں تمھیں کیا کوئی تکلیف ہے؟ کچھ دیر خاموشی کے بعد کرمو نے اٹکتے ہوئے پوچھا۔

سارہ نے کچھ کہنا چاہا مگر کرمو کی بیوی تیزی سے اٹھی اور باورچی خانے میں جا کر اپنے بازوؤں میں سر دے کر رونے لگی۔ سارہ کا دل کٹ گیا۔ اس نے چپ چاپ اپنا اونی کنٹوپ واپس کھونٹی پر لٹکا دیا۔ کرمو مسکرا دیا۔ سارہ نے کھڑکی سے جھانک کر دیکھا۔ برف پگھل رہی تھی اور سبز گھاس آہستہ آہستہ سر اٹھا رہی تھی۔

اب دو چار دن کی بات تو تھی نہیں۔ سارہ نے سوچا، مجھے یہاں اب نہ معلوم کب تک رہنا پڑے۔ مجھے ان دونوں کی مدد کرنی چاہیے۔ چنانچہ اس نے کرمو سے کہا کہ وہ دونوں اب آرام کریں، کپڑا اب وہ بُنا کرے گی مگر اس کی ایک شرط ہے، جب تک وہ کپڑا بُنتی رہے گی، اس کے کمرے میں کوئی نہیں جھانکے گا۔

اس روز ساری رات سارہ کپڑا بُنتی رہی، ساتھ ہی اس کے گنگنانے کی آواز بھی آتی رہی جیسے دھیرے دھیرے ندی بہہ رہی ہو۔ کرمو اور اس کی بیوی کو بے چینی کے مارے ساری رات نیند نہیں آئی کہ آخر وہ کیسا کپڑا ہے جسے بُنتے

ہوئے دیکھنا منع ہے اور جس کی تیاری میں سارہ اتنی خوش ہے کہ گیت گا رہی ہے۔

صبح سارہ جو کپڑا ان کے کمرے میں لے کے گئی، اسے دیکھتے ہی دونوں کی آنکھیں حیرت سے پھیل گئیں۔

ارے اتنا عمدہ کپڑا! یہ تتلی کے پَروں جیسا نرم و ملائم کپڑا تم نے بُنا ہے؟ کرمو کی بیوی نے خوشی سے بے قابو ہو کر سارہ کو گلے سے لگا لیا۔ کرمو فوراً وہ کپڑا لے کے تیز تیز قدم اٹھاتا کسی بڑی دکان کی طرف جا رہا تھا کہ پچھلی بار والے دکان دار نے اسے دیکھ لیا جس نے اسے پچاس کے بجائے پندرہ روپے تھما دیے تھے۔ تھیلے کے پھٹے ہوئے حصے سے دکان دار کو خوب صورت کپڑا نظر آ گیا۔ اس کے منہ میں پانی بھر آیا مگر اس نے بڑی رکھائی سے کرمو کو آواز دے کر کہا: آؤ بھئی! دیکھوں، تمھاری کیا مدد کی جا سکتی ہے۔

کرمو کا دل تو نہیں چاہا کہ اس بدتمیز آدمی سے کوئی سودا کرے لیکن اسے یاد آیا کہ پچھلی بار شدید مصیبت میں جب کسی بڑے دکان دار کے پاس جانے کی اس میں ہمت نہ تھی، اسی شخص نے اس سے کپڑا خریدا تھا، سو وہ چپ چاپ اس کے

پاس چلا گیا اور اس کے سامنے کپڑا پھیلا دیا۔ دکان دار کو ایسا لگا جیسے اس کے سامنے ریشم کی آبشار گر رہی ہو۔

یہ۔۔۔ یہ کپڑا تم نے بُنا ہے؟ دکان دار نے ہکلاتے ہوئے پوچھا۔

نہیں۔۔۔ میری بیٹی نے۔ کرمو نے فخریہ جواب دیا۔

اچھا! یہ بتاؤ اس کی کتنی قیمت لو گے؟

دو سو روپے۔ کرمو نے جھجکتے ہوئے کہا۔

میں تمھیں چار سو روپے دوں گا، لیکن ایک شرط ہے۔

کرمو کچھ دنوں سے عجیب و غریب شرطیں سننے کا عادی ہو گیا تھا اور اس میں کوئی ایسا نقصان بھی نہ تھا، سو اس نے نرمی سے پوچھا: وہ کیا؟

تمھاری بیٹی اب جو بھی کپڑے بُنے گی، تم اسے صرف میرے ہاتھ بیچو گے اور اس کے لیے تمھیں خود بھی آنے کی ضرورت نہیں۔ میرا نوکر ہر ہفتے تمھارے گھر سے کپڑا وصول کر لیا کرے گا۔

کرمو کا دل خوشی سے بلیوں اچھل رہا تھا۔ دکان دار کی تجویز بھی خاصی معقول تھی۔ بازار آنے جانے میں سارا دن لگ جاتا تھا۔ اوپر سے ٹھگوں کا ڈر الگ تھا۔ اس

طرح وہ گھر رہ کر اپنی مرغیوں پر بھی کچھ دھیان دے سکتا تھا، سو اس نے ہاں کر دی۔

دکان دار نے فوراً چار سو روپے اسے تھما دیے جنھیں کرمو نے اپنی واسکٹ کی اندرونی جیب میں رکھ لیا۔ سارے رستے وہ ہاتھ لگا لگا کر اطمینان کرتا رہا کہ روپے جیب ہی میں موجود ہیں، کہیں گر تو نہیں گئے۔ کرمو نے زندگی میں کبھی اتنے روپے اکٹھے نہیں دیکھے تھے۔

گھر پہنچا تو اس کی بیوی کھل اٹھی۔ دونوں سارہ کے بہت شکر گزار ہوئے اور اس کے آرام کا پہلے سے زیادہ خیال کرنے لگے۔ سارہ روز رات کو اپنا کمرہ بند کر کے کپڑا تیار کرتی رہی۔ دکان دار کا آدمی ہر ہفتے آکر کرمو سے کپڑا لے جاتا اور اس کے بدلے ڈھیروں روپے دے جاتا۔ اچھی غذا اور آرام سے اب دونوں میاں بیوی کے چہرے چمکنے لگے تھے۔ انھوں نے پچھلی طرف کا صحن بھی ذرا اور بڑا کر لیا۔ ان کے احاطے میں مرغیاں بھی زیادہ نظر آنے لگیں۔ کرمو کی بیوی تو ایک گائے خریدنے کے متعلق بھی سوچنے لگی تا کہ دودھ مکھن کا بھی آرام ہو جائے۔

ایک رات جب گھر کے سب لوگ تلی ہوئی مچھلی اور مٹر کھانے کے بعد کافی پیتے آتش دان کے پاس بیٹھے تھے۔ کرمو نے اپنی بیوی سے کہا: یہ سارہ آج اپنے کمرے میں اتنی جلدی کیوں چلی گئی؟

اس پر تو کام کی دھن سوار ہے۔ بیوی نے پیار بھرے غصے سے کہا۔ ابھی وہ عادتاً کچھ اور کہتی کہ دونوں کی توجہ سارہ کے کمرے سے آتی ہوئی آواز سے لگ گئی۔ یہ گیت تو یقیناً سارہ ہی کا تھا مگر آواز میں اتنی نقاہت کیوں تھی؟ دونوں نے ایک دوسرے کو فکرمندی سے دیکھا۔

کرمو کی بیوی سوچ رہی تھی کہ سارہ روز بروز زرد ہوتی چلی جارہی ہے اور کھڈی کی آواز بھی کئی دن سے بہت آہستہ ہوتی ہے۔

کبھی تم نے سوچا کہ سارہ نے ہمیں اپنے کمرے میں جھانکنے سے کیوں منع کیا؟ کرمو کی بیوی نے تجسس سے پوچھا۔

کرمو سے اس کی بیوی پہلے بھی یہ سوال کئی بار کرچکی تھی، مگر اس نے اسے ہمیشہ عورتوں کی ٹوہ لینے والی عادت سمجھ کر نظرانداز کردیا تھا۔ آج البتہ اس کی بیوی کے لہجے میں کوئی ایسی بات تھی کہ وہ بھی پریشان ہوگیا۔

چلو، آج چپکے سے جھانک کر دیکھتے ہیں۔ بیوی نے کرمو کے چہرے کے تاثرات پڑھ لیے تھے۔ دونوں بلی کی طرح دبے پاؤں سارہ کے کمرے کی طرف گئے اور دروازہ ذرا سا کھول کر اندر جھانکا۔

ارے! کرمو کی بیوی کے منہ سے بے ساختہ ایک چیخ نکلی۔ کمرے کے اندر کھڈی کے قریب ایک کونج بیٹھی اپنے پَروں کو اپنی چونچ سے الگ کرتی جاتی تھی اور پھر ان پَروں سے کپڑا بُنتی جاتی تھی۔

صبح انھوں نے سارہ کے کمرے کا دروازہ کھولا تو اندر کوئی نہیں تھا۔ کمرے میں اِدھر اُدھر کچھ سفید پَر بکھرے پڑے تھے۔ انھیں اپنی وعدہ خلافی پر افسوس ہو رہا تھا لیکن اب بہت دیر ہو چکی تھی۔

آپ تو جان گئے نا کہ سارہ کون تھی؟

(ایک جاپانی کہانی سے ماخوذ)

***

ایک دن کی بادشاہت

جیلانی بانو

''عارف، سلیم چلو فوراً سو جاؤ۔'' امی کی آواز عین اس وقت آتی تھی جب وہ دوستوں کے حلقے میں جیسے قوالی گاتے تھے۔۔۔ یا پھر صبح بڑے مزے میں آئس کریم کھانے کے خواب دیکھ رہے ہیں کہ آپا جھنجھوڑ ڈالتیں۔

''جلدی اٹھو۔ اسکول کا وقت ہو گیا۔۔۔'' دونوں کی مصیبت میں جان تھی ہر وقت پابندی۔ ہر گھڑی تکرار۔ اپنی مرضی سے چوں بھی نہ کر سکتے تھے کبھی

عارف کو گانے کا موڈ آتا تو بھائی جان ڈانٹتے "چپتا ہے یا نہیں ہر وقت مینڈک کی طرح ٹرائے جاتا ہے۔" باہر جاؤ تو امی پوچھتیں "باہر کیوں گئے۔۔۔؟" اندر رہتے تو دادی چلاتیں :

"ہائے میرا دماغ اڑا جا رہا ہے شور کے مارے۔ اری رضیہ ذرا ان بچوں کو باہر ہانک دے!" جیسے بچے نہ ہوئے مرغی کے چوزے ہو گئے دونوں گھٹنوں بیٹھ کر ان پابندیوں سے بچ نکلنے کی ترکیبیں سوچا کرتے ان دونوں سے تو سارے گھر کو دشمنی ہو گئی تھی۔ ایک دن شام کو وہ دوستوں کے ساتھ گولیاں کھیل رہے تھے تو ابا چلائے۔

"اب کھیل ختم کرو اور ذرا دوکان سے سگریٹ کا ایک پیکٹ لے آؤ۔" "نہیں لاتے۔" اس نے آنکھ میچ کر گولی کا نشانہ تاکتے میں کہا۔

لیکن اس خود سری کا نتیجہ یہ ہوا کہ چند سیکنڈ بعد اس کا کان ابا کے ہاتھ میں تھا اور وہ اپنے کان کے پیچھے پیچھے گھسٹتا ہوا چلا جا رہا تھا۔

دوسرے دن اپنے دکھتے ہوئے کان کو تھامے جب سلیم اٹھا تو وہ بغاوت کی آگ میں تپ رہا تھا۔ عارف بھی غلامی کی اس زندگی سے بیزار تھا۔ لہذا دونوں

نے مل کر ایک پلان بنایا اور ابا کی خدمت میں ایک درخواست پیش کی۔ ایک دن انہیں بڑوں کے سارے اختیار دے دیئے جائیں اور سب بڑے چھوٹے بن جائیں۔

''کوئی ضرورت نہیں ہے اودھم مچانے کی۔'' امی نے حسب عادت ڈانٹ پلائی۔ لیکن ابا جانے کس موڈ میں تھے کہ نہ صرف مان گئے بلکہ یہ اقرار بھی کر بیٹھے ان دونوں کو ہر قسم کے اختیارات مل جائیں گے۔

ابھی صبح ہونے میں کئی گھنٹے تھے کہ عارف نے امی کو جھنجھوڑ ڈالا۔

''امی جلدی اٹھئے ناشتہ تیار کیجئے۔''

امی نے چاہا ایک جھانپڑ رسید کر کے سو رہیں مگر یاد کہ آج تو ان کے سارے اختیارات چھینے جا چکے ہیں۔

پھر دادی نے فجر کی نماز پڑھتے میں دوائیں کھانا اور بادام کا حریرہ پینا شروع کیا تو عارف نے انہیں ڈانٹا ''توبہ ہے دادی، کتنا حریرہ ڈکوسیں گی آپ۔ پیٹ پھٹ جائے گا۔'' اور دادی نے جوتا اٹھایا اسے مارنے کے لئے۔

ناشتہ میز پر آیا تو عارف نے خانساماں سے کہا۔

''انڈے اور مکھن وغیرہ ہمارے سامنے رکھو۔ دلیا اور دودھ، بسکٹ ان سب کو دے دو۔'' آپا نے قہر بھری نظروں سے انہیں گھورا۔ مگر بے بس تھیں، کیوں کہ روز کی طرح آج وہ تر مال اپنے لئے نہ رکھ سکتی تھیں۔ سب کھانے بیٹھے تو سلیم نے امی کو ڈانٹا۔

''امی ذرا اپنے دانت دیکھئے، پان کھانے سے کتنے گندے ہو رہے ہیں۔''

''میں تو دانت مانجھ چکی ہوں۔'' امی نے ٹالنے کے لئے کہا۔

''نہیں آپ جھوٹ کہہ رہی ہیں، چلیئے اٹھئے۔'' امی نوالا توڑ چکی تھیں مگر سلیم نے زبردستی کاندھا پکڑ کر انہیں اٹھا دیا۔

امی کو باتھ روم میں جاتے دیکھ کر سب ہنس پڑے۔ جیسے روز سلیم کو زبردستی بھگا کے ہنستے تھے۔ پھر وہ ابا کی طرف مڑا۔

''ذرا ابا کی گت دیکھئے۔ بال بڑھے ہوئے۔ شیو نہیں کیا۔ کل کپڑے پہنے تھے اور آج اتنے میلے کر ڈالے۔ آخر ابا کے لئے کتنے کپڑے بنائے جائیں گے۔''

یہ سن کر ابا کا ہنستے ہنستے برا حال ہو گیا۔ آج یہ دونوں کیسی صحیح نقل اتار رہے تھے سب کی۔ مگر اپنے کپڑے دیکھ کر وہ سچ مچ شرمندہ ہو گئے۔

تھوڑی دیر بعد جب ابا اپنے دوستوں کے بیچ بیٹھے اپنی نئی غزل لہک لہک کر سنا رہے تھے تو عارف پھر چلانے لگا۔

''بس کیجئے ابا۔۔۔ فوراً آفس جائیے، دس بج گئے۔

''چ۔۔۔چ، چوپ۔۔۔'' ابا ڈانٹتے ڈانٹتے رک گئے۔ بے بسی سے ادھورا مصرع دانتوں میں دبائے پاؤں پٹکتے عارف کے ساتھ ہو لئے۔

''رضیہ ذرا مجھے پانچ روپے تو دینا۔'' ابا آفس جانے کو تیار ہو گئے۔

''پانچ روپے کا کیا ہو گا! کار میں پٹرول تو ہے۔'' عارف نے تنک کر ابا کی نقل اتاری۔ جیسے ابا کہتے ہیں کہ اکنی کا کیا کرو گے۔ جیب خرچ تو لے چکے۔

تھوڑی دیر بعد خانساماں آیا'' بیگم صاحب آج کیا پکے گا۔؟

''آلو گوشت، کباب، مرچوں کا سالن۔'' امی نے حسب عادت کہنا شروع کیا۔

''نہیں آج یہ سالن نہیں پکیں گے۔''سلیم نے کتاب رکھ کر امی کی نقل اتاری۔

''آج گلاب جامنیں، گاجر کا حلوہ اور میٹھے چاول پکاؤ۔''

لیکن مٹھائیوں سے روٹی کیسے کھائی جائے گی۔۔۔؟'' امی کس طرح صبر نہ کر سکیں۔

''جیسے ہم روز صرف مرچوں کے سالنوں سے کھاتے ہیں۔'' دونوں نے ایک ساتھ کہا۔ دوسری طرف دادی الگ ماما سے توتو میں میں کیئے جارہی تھیں۔

''افوہ، دادی تو شور کے مارے دماغ پگھلائے دے رہی ہیں۔۔۔''

عارف نے دادی کی طرح دونوں ہاتھوں میں سر تھام کے کہا ''ذرا کوئی دادی کو باہر بھیج دے۔''

اتنا سنتے ہی دادی نے چیخنا چلانا شروع کر دیا کہ آج یہ لڑکے میرے پیچھے پنجے جھاڑ کے پڑ گئے ہیں، مگر ابا کے سمجھانے پر خون کا گھونٹ پی کر رہ گئیں۔

کالج کا وقت ہو گیا تو بھائی جان اپنی سفید بشرٹ کو عارف سلیم سے بچاتے دالان میں آئے ''امی شام کو میں دیر سے آؤں گا۔ دوستوں کے ساتھ پکچر جانا ہے۔''

''خبردار۔۔۔'' عارف نے آنکھیں نکال کر انہیں دھمکایا۔۔ ''کوئی ضرورت نہیں پکچر دیکھنے کی۔ امتحان قریب ہیں اور ہر وقت سیر سپاٹوں میں گم رہتے ہیں آپ۔''

پہلے تو بھائی جان ایک کرارا سا ہاتھ مارنے لپکے، پھر کچھ سوچ کر مسکرا پڑے۔

"لیکن حضورِ عالی دوستوں کے ساتھ اس خاکسار کا پروگرام بن چکا ہے اس لئے اجازت مرحمت فرمائی جائے۔" انہوں نے ہاتھ جوڑ کر کہا۔ "بنا کرے۔۔۔بس میں نے ایک بار کہہ دیا۔۔۔" اس نے لاپروائی سے کہا اور صوفے پر دراز ہو کر اخبار دیکھنے لگا۔

اسی وقت آپا بھی اپنے کمرے سے نکلیں۔ ایک نہایت بھاری ساری میں لچکتی مٹکتی بڑے ٹھاٹ سے کالج جا رہی تھیں۔

"آپا۔۔۔!" سلیم نے بڑے غور سے آپا کا معائنہ کیا۔۔۔ "اتنی بھاری ساری کیوں پہنی۔ شام تک غارت ہو جائے گی۔ اس ساری کو بدل کر جائیے۔ آج وہ سفید وائل کی ساری پہننا۔"

"اچھا اچھا۔ بہت ہو چکے احکام۔۔۔" آپا چڑ گئیں "ہمارے کالج میں آج فنکشن ہے" انہوں نے ساری کی شکنیں درست کیں۔

"ہوا کرے۔۔۔ میں کیا کہہ رہا ہوں۔۔۔ سنا نہیں۔۔۔؟" اپنی اتنی اچھی نقل دیکھ کر آپا شرمندہ سی ہو گئیں۔ بالکل اسی طرح تو وہ عارف اور سلیم سے ان کی پسندیدہ بشرٹس اتروا کے نہایت فرتوس کپڑے پہننے کا حکم صادر کر دیتی ہیں۔

دوسری صبح ہوئی۔

سلیم کی آنکھ کھلی تو آپا ناشتے کی میز سجائے ان دونوں کے اٹھنے کا انتظار کر رہی تھیں۔ امی خانساماں کو حکم دے رہی تھیں کہ ہر کھانے کے ساتھ ایک میٹھی چیز ضرور پکایا کرو۔ اندر عارف کے گانے کے ساتھ بھائی جان میز کا طبلہ بجا رہے تھے اور ابا سلیم سے کہہ رہے تھے۔

''اسکول جاتے وقت ایک چونی جیب میں ڈال لیا کرو۔۔۔ کیا ہرج ہے۔۔۔؟

***

کسی شہر میں ایک تھا بادشاہ

حفیظ جالندھری

ابا جان بھی بچوں کی کہانیاں سن کر ہنس رہے تھے اور چاہتے تھے کہ کسی طرح ہم بھی ایسے ہی ننھے بچے بن جائیں۔ نہ رہ سکے۔ بول ہی اٹھے۔ بھئی ہمیں بھی ایک کہانی یاد ہے۔ کہو تو سنا دیں!

''آہا جی آہا۔ ابا جان کو بھی کہانی یاد ہے۔ ابا جان بھی کہانی سنائیں گے۔ سنائیے ابا جان۔ ابا جان سنائیے نا۔''

ابا جان نے کہانی سنانی شروع کی:

کسی شہر میں ایک تھا بادشاہ

ہمارا تمہارا خدا بادشاہ

مگر بادشاہ تھا بہت ہی غریب

نہ آتا تھا کوئی بھی اس کے قریب

بادشاہ اور غریب۔ سب بچے سوچنے لگے کہ بادشاہ غریب بھی ہو سکتا ہے یا نہیں؟ شاید ہوتا ہوا گلے زمانے میں۔ ابا سنا رہے تھے:

کیے ایک دن جمع اس نے فقیر
کھلائی انہیں سونے چاندی کی کھیر
فقیروں کو پھر جیب میں رکھ لیا
امیروں وزیروں سے کہنے لگا
کہ آؤ چلو آج کھیلیں شکار
قلم اور کاغذ کی دیکھیں بہار
مگر ہے سمندر کا میدان تنگ
کرے کس طرح کوئی مجھ سے جنگ
تو چڑیا یہ بولی کہ اے بادشاہ
کروں گی میں اپنے چڑے کا بیاہ
مگر مچھ کو گھر میں بلاؤں گی میں

سمندر میں ہرگز نہ جاؤں گی میں

ابا جان نے ابھی اتنی ہی کہانی سنائی تھی کہ سب حیران ہو ہو کر ایک دوسرے کا مونہہ تکنے لگے۔ بھائی جان سے رہا نہ گیا۔ کہنے لگے ''یہ تو عجیب بے معنی کہانی ہے، جس کا سر نہ پیر۔''

ابا جان بولے ''کیوں بھئی کون سی مشکل بات ہے، جو تمہاری سمجھ میں نہیں آتی۔''

منجھلے بھائی نے کہا ''سمجھ میں تو آتی ہے مگر پتہ نہیں چلتا۔'' یہ سن کر سب ہنس پڑے ''خوب بھئی خوب۔ سمجھ میں آتی ہے اور پتہ نہیں چلتا۔'' آپا نے کہا ''ابا جان بادشاہ غریب تھا۔ تو اس نے فقیروں کو بلا کر سونے چاندی کی کھیر کیسے کھلائی اور پھر ان کو جیب میں کیسے رکھ لیا۔ مزا یہ کہ بادشاہ کے پاس کوئی آتا بھی نہیں تھا۔ یہ امیر وزیر کہاں سے آ گئے۔ شکار میں قلم اور کاغذ کی بہار کا مطلب کیا ہے۔ اور پھر لطف یہ کہ سمندر کا میدان اور ایسا تنگ کہ وہاں مچھر سے جنگ نہیں ہو سکتی۔ پھر بیچ میں یہ بی چڑیا کہاں سے کود پڑیں جو اپنے چڑے کا بیاہ کرنے والی ہیں۔ مگر مچھ کو اپنے گھونسلے میں بلاتی ہیں اور سمندر میں نہیں جانا چاہتیں۔''

ننھی بولی ''توبہ توبہ۔ آپا جان نے تو بکھیڑا نکال دیا۔ ایسی اچھی کہانی ابا جان کہہ رہے ہیں۔ میری سمجھ میں تو سب کچھ آتا ہے۔ سنائیے ابا جان پھر کیا ہوا۔''

ابا جان نے کہا ''بس ننھی میری باتوں کو سمجھتی ہے۔ ہوا یہ کہ :

سنی بات چڑیا کی گھوڑے نے جب

وہ بولا یہ کیا کر رہی ہے غضب

مرے پاس دال اور آٹا نہیں

تمہیں دال آٹے کا گھاٹا نہیں

یہ سنتے ہی کرسی سے بنیا اٹھا

کیا وار اٹھتے ہی تلوار کا

وہیں ایک مکھی کا پر کٹ گیا

جلاہے کا ہاتھی پر رہٹ گیا

یہاں سب بچے اتنا ہنسے کہ ہنسی بند ہونے میں نہ آتی تھی لیکن بھائی جان نے پھر اعتراض کیا ''یہ کہانی تو کچھ اور جلول سی ہے'' منجھلے بھائی نے کہا ''بھئی اب تو کچھ مزا آنے لگا تھا۔''

ننھی نے کہا ''خاک مزا آتا ہے۔ تم تو سب کہانی کو بیچ میں کاٹ دیتے ہوں۔ ہو۔ ہاں ابا جان جلا ہے کا ہاتھی ڈر کر پرے ہٹ گیا ہو گا۔ تو پھر کیا ہوا۔''

ابا نے کہا ''ننھی اب بڑا تماشا ہوا کہ :

مچایا جو گیہوں کے انڈوں نے شور

''کس کے انڈوں نے ؟ گیہوں کے — تو کیا گیہوں کے بھی انڈے ہوتے ہیں ؟''

''بھئی مجھے کیا معلوم۔ کہانی بنانے والے نے یہی لکھا ہے۔''

''یہ کہانی کس نے بنائی ہے ؟''

''حفیظ صاحب نے۔''

''ابا اب میں سمجھا۔ اب میں سمجھا۔ آگے سنائیے ابا جان جی۔'' ابا جان آگے بڑھے۔

مچایا جو گیہوں کے انڈوں نے شور

لگا ناچنے سانپ کی دم پہ مور

کھڑا تھا وہیں پاس ہی ایک شیر

بہت سارے تھے اس کی جھولی میں بیر

کریلا بجانے لگا اٹھ کے بین

لئے شیر سے ہر چہیا نے چھین

چوہیا نے شیر سے بیر چھین لئے۔ جی ہاں بڑی زبردست چوہیا تھی نا۔ اب بچوں کو معلوم ہو گیا تھا کہ ابا جان ہماری آزمانے کے لئے کہانی کہہ رہے ہیں۔ اماں جان بھی ہنستی ہوئی بولیں ''اور تو خیر، یہ کریلے نے بین اچھی بجائی''ننھی بہت خفا ہو رہی تھی۔ سلسلہ ٹوٹتا تھا تو اس کو برا معلوم ہوتا تھا۔ ابا جی کہئے کہئے آگے کہئے۔ ابا جان نے کہا ''بیٹی میں تو کہتا ہوں، یہ لوگ کہنے نہیں دیتے۔ ہاں میں کیا کہہ رہا تھا۔

لئے شیر سے بیر چوہیا نے چھین

یہ دیکھا تو پھر بادشاہ نے کہا

اری پیاری چڑیا ادھر کو تو آ

وہ آئی تو مونچھوں سے پکڑا اسے

ہوا کی کمندوں میں جکڑا اسے

بھائی جان نے قہقہہ مارا ''ہہ ہہ ہاہا۔ لیجئے بادشاہ پھر آگیا اور چڑیا بھی آگئی۔ چڑیا بھی مونچھوں والی۔ ''منجھلے بولے ''ابا جی یہ ہوا کہ کمندیں کیا ہوتی ہیں۔ '' ابا جان نے کہا ''بیٹے کتابوں میں اسی طرح لکھا ہے۔ کمندِ ہوا چچا سعدی لکھ گئے ہیں۔'' آپا نے پوچھا۔ ''ابا جی یہ سعدی کے نام کے ساتھ چچا کیوں لگا دیتے ہیں؟'' مگر ننھی اب بہت بگڑ گئی تھی۔ اس نے جواب کا وقت نہ دیا اور بسورنے لگی ''اوں اوں اوں۔ کہانی ختم کیجئے۔ واہ ساری کہانی خراب کر دی۔'' ابا جان نے اس طرح کہانی ختم کی:

غرض بادشاہ لاؤ لشکر کے ساتھ
چلا سیر کو ایک جھینگر کے ساتھ
مگر راہ میں چیونٹیاں آگئیں
چنے جس قدر تھے وہ سب کھا گئیں
بڑی بھاری اب تو لڑائی ہوئی
لڑائی میں گھر کی صفائی ہوئی
اکیلا وہاں رہ گیا بادشاہ

ہمارا تمہارا خدا بادشاہ

★★★

دم کٹ گئی پر جھڑ گئے پھرتے ہیں لنڈورے

حیات اللہ انصاری

جنگل میں ایک اسکول تھا۔ وہاں دو مور پڑھتے تھے۔ ہرا مور اور لال مور۔ دونوں بڑے خوبصورت تھے۔

اسکول میں طوطا، مینا، کوا اور جگنو بھی پڑھتے تھے۔ لال مور کی ان سب سے دوستی تھی۔ جب اسکول میں چھٹی ہو جاتی تھی تو یہ پانچوں چھلی چھلیا کھیلتے۔

لال مور کا کوئی دوست اگر بیمار پڑ جاتا تو وہ اس کے گھر جاتا اور اپنا ناچ دکھا دکھا کر اس کا جی ایسا بہلاتا کہ وہ اچھا ہو جاتا۔

ہرے مور سے کسی کی دوستی نہیں تھی نہ تو وہ اپنے ساتھیوں کے ساتھ چھلی چھلیا کھیلتا اور نہ کسی بیمار کے گھر آتا جاتا!

ایک دن سب چڑیوں نے ہرے مور سے کہا ''آج تم کو بھی کھیلنا پڑے گا۔''

بہت کہنے سننے سے وہ راضی ہو گیا۔

کھیل ہونے لگا۔ تھوڑی دیر میں ہرا مور چور بن گیا۔ داؤں جو دینا پڑا تو یہ دل ہی دل میں بہت بگڑا۔ کہیں مینا کا پاؤں اس کی دم پر پڑ گیا۔ پھر وہ آگ بگولا ہو گیا۔ لگا مینا کو اندھا اور بد تمیز کہنے اور دوڑا مارنے۔ سب نے بڑی مشکل سے اس کو روکا۔ وہ خفا ہو کر چلا گیا۔

اس دن سے ہرا مور بالکل الگ تھلگ رہنے لگا!

تھوڑے دنوں کے بعد لال مور، ہرا مور، طوطا مینا، کوا اور جگنو سب پڑھ سیکھ کر اسکول سے چلے گئے اور اپنے اپنے کاموں میں لگ گئے۔

ہرے مور اور لال مور کے بھاری بھاری چمکدار میں نکل آئیں۔ وہ خوب ناچنے لگے اور باغوں میں گھومنے لگے۔

ایک دن ہرے مور اور لال مور دونوں نے باغ میں مورنی کو دیکھا۔ اس کی بڑی بڑی آنکھیں تھیں۔ نازک چونچ تھی۔ پر ملائم ملائم تھے۔ دیکھتے ہی دونوں کی طبیعت آ گئی۔

ہرے مور نے مونی سے کہا ''مورنی! ہم سے شادی کر لو۔''

لال مور نے بھی کہا ''نہیں، ہم سے شادی کر لو۔''

پھر دونوں نے مورنی کو اپنا اپنا ناچ دکھایا۔ مورنی نے دیکھا کہ دونوں مور بہت خوبصورت ہیں اور دونوں بہت اچھا ناچتے ہیں۔۔۔ وہ بڑی چکرائی کہ میں کسی سے شادی کروں اور کس سے نہ کروں۔ کہنے لگی۔ ''جاؤ، میں تم دونوں کا امتحان لوں گی۔ جو اس میں پورا اترے اسی کے ساتھ شادی کروں گی۔''

مورنی کی ایک سہیلی تھی۔ چوہیا۔ وہ شہر میں رہتی تھی۔ مورنی نے اس کو بلا بھیجا۔ جب وہ آئی تو مورنی نے اس سے کہا ''اری بہن چوہیا، تم تو آدمیوں میں رہتی ہو، ان کی باتی جانتی ہو۔ تب جانوں، کوئی ایسی تدبیر کرو جس سے پتہ چل جائے کہ لال مور اچھا یا برا۔''

چوہیا نے جواب دیا۔ ''سہیلی! تم ذرا بھی فکر نہ کرو۔ میں ایسی ہی تدبیر کرتی ہوں۔ تمھیں کیا، ساری دنیا کو پتہ چل جائے گا کہ کون سا مور اچھا ہے۔''!

جب آدھی رات ادھر، آدھی رات ادھر ہوئی اور سارا سنسار سو گیا تب چوہیا کالا کمبل اوڑھ کر نکلی۔ دبے پاؤں ہرے مور کے گھونسلے میں آئی۔ دیکھا کہ وہ پڑا بے خبر سو رہا ہے۔ یہ چپکے چپکے اس کے پر کترنے لگی۔

ہرا مور سوتے کا سوتا رہ گیا اور چوہیا کی دم تک کتر گئی۔

پر جو کٹ گئے تو مور اندر سے لال گوشت کا لوتھڑا رہ گیا۔

صبح سویرے ہرے مور کی آنکھ کھلی تو دیکھا کہ میں بالکل لنڈ منڈ ہوں۔ وہ بہت گھبرایا کہ اب کیا کروں۔ کوئی دوست تو اس کا تھا ہی نہیں جو راہ بتاتا۔ وہ گھونسلے میں اکیلا پڑا رہا۔

ہرے مور کے پنکھ کٹ گئے تھے۔ اس لیے آج دانا چگنے بھی نہیں جا سکتا۔

جب سارا دن بیت گیا اور بھوک پیاس سے بری حالت ہو گئی تب کسی نہ کسی طرح پیڑ سے نیچے اترا اور کھیت کی طرف چلا۔

''راستے میں اسے بطخیں اور مرغیاں ملیں جو ہرے مور کو اس حالت میں دیکھ کر ہنسنے لگیں اور بطخیں کہنے لگیں۔ قراقر! قراقر! کیسی بے شرم چڑیا ہے۔ اپنے پر اتارے بازار میں ننگی گھوم رہی ہے۔''

مرغیاں کہنے لگیں۔ ''کٹا کٹ کٹا کٹ! مارو تو اس ننگ دھڑنگ کو۔''

چوزوں نے جو دیکھا تو لگے تالیاں بجا بجا چڑانے۔ ''دم کٹ گئی، پر جھڑ گئے، پھرتے ہیں لنڈورے۔ ہے ہے میاں چر کٹ! ہے ہے میاں چر کٹ!۔''

کہیں گشت لگاتے ہوئے ادھر آ نکلے سیاہی بن بلاؤ۔ انہوں نے دیکھا مور کو تو سمجھے کہ بوٹی ہے۔ پھر تو وہ اس پر جھپٹ پڑے اور یہ بھاگا اپنی جان لے کر۔

سیاہی بلاؤ چلانے لگے ''ارے بوٹی بھاگتی جا رہی ہے۔''

ہرے مور نے بھاگ کر بڑی مشکل سے اپنی جان بچائی اور بلاؤ کے ڈر سے ادھر ادھر دبکتا پھرنے لگا۔ آخر جب بھوک پیاس سے مرنے لگا اور بہت عاجز آ گیا تو ایک گدھ کے دروازے پر جا کر کہنے لگا ''تو مجھے کھا لے۔''

چمر گدھ کو اس پر ترس آ گیا۔

ہرا موروہیں دن گزارنے لگا۔ اس کا دیا ہوا سڑا ہوا گوشت کھاتا، سنڈاس کا پانی پیتا اور غلاموں کی طرح اس کا کام کاج کرتا رہتا۔!

دوسری رات چوہیا نے لال مور کے پر بھی کاٹ ڈالے۔ لال مور نے جب دیکھا کہ میرے سب پر غائب ہیں تو رونے لگا کہ بھلا اب مورنی میرے ساتھ شادی کیوں کرنے لگی۔

مینا اور کوا اس دن جو اپنے دوست مور سے ملنے آئے تو ان کو اس کی مصیبت کا پتہ چلا۔ وہ دونوں اسے سمجھانے لگے کہ ایسی بیماریاں آتی ہی رہتی ہیں۔ گھبراؤ نہیں کوئی نہ کوئی راہ نکل ہی آئے گی۔ مینا جا کر کہیں سے دانے بٹور لائی۔ کوا ایک چپاتی اٹھا لایا۔ پھر تینوں نے مزے سے بیٹھ کر کھانا کھایا اور آپس میں ایسی ہنسی کی باتیں ہوئیں کہ لال مور اپنی مصیبت بھول گیا۔ جب تینوں کھا پی چکے اور لال مور کی ڈھارس بندھ گئی تب مینا اور کوا بیٹھ کر سوچنے لگے کہ کیا کیا جائے کہ لال مور کے پر سے نکل آئیں۔

کوے نے کہا ''حکیم کی دوا سے پر پھر سے نکل سکتے ہیں۔ مگر اس کے گھر کا راستہ بہت مشکل ہے۔ راہ میں دو بڑے بھیانک میدان پڑتے ہیں۔ پہلا میدان اور

کالا میدان۔ پیلے میدان میں رات کو اولے پڑتے ہیں اور کالے میدان میں دن کو۔ اس لیے پیلا میدان دن بھر میں پار کر لینا ہوگا۔ نہیں تو اولوں سے سر پھٹ جائے گا۔ پھر بلا دم لیے رات میں کالا میدان پار کرنا ہوگا۔''

لال مور نے کہا۔ ''میں پیدل بڑا تیز بھاگ سکتا ہوں۔ پار کر لوں گا۔''

کوے نے کہا ''ایک مشکل اور ہے۔ زمین پر ایک بڑا بھاری سانپ رہتا ہے۔ جو پیدل جانے والوں کو نگل جاتا ہے۔''

لال مور نے کہا۔ ''میں تو جاؤں گا۔ سانپ نگل جائے تو نگل جائے۔ مورنی کے بغیر جینے سے مر جانا اچھا۔''

مینا بولی ''بھائی کوے چلو ہم دونوں بھی لال مور کے ساتھ ساتھ چلیں۔ جہاں سانپ نکلا میں تم کو بتا دوں گی پھر دونوں مل کر اس کو مار ڈالیں گے۔''

تینوں نے دوسرے دن چلنے کی ٹھان لی۔

دوسرے دن لال مور، کوا اور مینا بھی حکیم کے گھر کو چلے۔ لال مور نیچے نیچے بھاگ رہا تھا اور کوا اور مینا اس کے اوپر اوپر اڑ رہے تھے۔

سانپ راستے میں بیٹھا ہوا تھا۔ اس نے مور کو آتے دیکھا تو بدبدایا ''اہاہا! کیسی اچھی بوٹی بھاگی جارہی ہے۔ میں ابھی اس کو کھاتا ہوں۔''

سانپ لال مور پر جھپٹا۔ لیکن اس کو اس کی سخت سزا ملی۔

مینا نے ٹیں ٹیں کرکے کوے کو خبر دی کہ سانپ آرہا ہے۔ کوے نے پیچھے سے آکر ایک چونچ سانپ کی دم پر ماردی۔ سانپ جو پلٹا کوا کی طرف تو مینا نے پیچھے سے آکر ایک دوسری چونچ رسید کردی اس کی دم پر۔ پھر دونوں نے مل کر سانپ کے اتنی چونچیں ماریں، اتنی چونچیں ماریں کہ اس کا کچومر نکل گیا اور وہ مر گیا۔

سانپ کو مار کر پھر تینوں منزل کی طرف چل کھڑے ہوئے اور سورج ڈوبتے ڈوبتے پیلا میدان پار ہوں گیا اور کالا میدان آگیا۔ ایک تو میدان کالا اس پر رات کا گھپ اندھیرا۔ لال مور گھبرا کر کہنے لگا۔ ''بہن مینا اور بھائی کوے مجھے تو راستہ نہیں سوجھتا۔''

مینا بولی ''بھیا! گھبراؤ نہیں، وہ سامنے جو روشنی دکھائی دے رہی ہے، یہ میاں جگنو کا گھر ہے۔ چلو ان سے کہیں کہ ہم کو روشنی دکھادیں۔''

تینوں پہنچے جگنو کے گھر۔ ان تینوں کی بڑی خاطر کی۔ چائے پلائی، کھانا کھلایا اور پھر ان کے ساتھ چل کھڑا ہوا۔ بھیانک اندھیرا چھایا ہوا تھا۔ اس کے آگے آگے میاں جگنو روشنی دکھاتے جا رہے تھے۔ پیچھے پیچھے زمین پر لال مور بھاگ رہا تھا اور اس کے اوپر مینا اور کوا اڑ رہے تھے۔

چاروں بھاگتے رہے، بھاگتے رہے۔ جیسے جیسے صبح قریب آتی جاتی مینا اور کوا جگنو سے کہتے ''بھائی جگنو اور تیز اور تیز۔ نہیں تو اگر صبح ہو گئی تو اولے پڑنے لگیں گے اور ہم لوگوں کے سر پھوٹنے لگیں گے۔''

میاں جگنو کہتے ''ہم تھکے جا رہے ہیں۔ اتنا تیز نہیں چل سکتے۔''

مینا اور کوا کہتے ''بھائی ذرا ہمت سے کام لو تو ہمارا کام بن جائے گا۔''

صبح ہوتے ہوتے کالا میدان میں پار ہو گیا۔

لال مور نے حکیم کے دروازے پر پہنچ کر کہا ''میں آؤں۔ میں آؤں۔''

اندر سے حکیم صاحب کا کتا نکلا۔ اس نے کہا ''بھاگ! میں تجھے اندر نہیں گھسنے دوں گا۔ تیرے پر نہیں ہیں تو کوڑھی ہے۔''

یہ کہہ کر کتا بھونکنے لگا۔ ''بھوں۔ بھوں۔ بھوں۔ بھوں۔''

اتنے میں کسی نے اوپر سے کہا ''بھائی لال مور، تم کہاں۔''

اوپر ایک پنجرے میں بھائی طوطے مٹھو میاں بیٹھے ہوئے تھے۔

لال مور نے ان کو اپنی بپتا کہہ سنائی۔

طوطا بولا ''بھائی مور، گھبراؤ نہیں۔ میں آدمی کی بولی جانتا ہوں۔ ابھی حکیم صاحب سے دوا دلاتا ہوں۔''

پھر طوطے نے ''دت! دت۔'' کرکے کتے کو بھگایا۔ جب حکیم صاحب باہر آئے تو طوطے نے لال مور کو دوا دلوا دی۔

دوا کھاتے ہی لال موڑ کے پر اور دم نکل آئی جو پہلے سے زیادہ خوبصورت چمکدار تھے۔

لال مور کے اچھا ہونے کی مینا، کوا، جگنو اور طوطا چاروں نے بڑی خوشیاں منائیں۔ پھر مینا، کوا جگنو اور لال مور طوطے سے رخصت ہو گئے اور اڑ کر میدانوں کو پار کرکے جنگل آ گئے۔

مورنی نے لال مور کا سارا قصہ سنا تو وہ بھی اس پر عاشق ہو گئی۔ دل میں چوہیا کے امتحان کی تعریف کرنے لگی۔

اس طرح صاف پتہ چل گیا کہ کون سا مور اچھا تھا، کون سا برا۔

پھر بڑی دھوم دھام سے لال مور اور مورنی کی شادی ہو گئی۔

★★★

طوطے کے بچے

ذکیہ مشہدی

اسکول میں چھٹیاں ہوتیں تو فرحان کبھی کبھی نانا کے یہاں آجاتے تھے۔ نانا گاؤں میں رہتے تھے۔ فرحان کو وہاں بہت مزہ آتا تھا۔ بڑا سا کھلا کھلا سرخ ٹائلوں والا گھر تھا۔ گھر کے پیچھے کافی وسیع باغ۔ سامنے بھی پھولوں کی کیاریاں تھیں۔ پھول آنکھوں کو کیسے بھلے لگتے ہیں۔ تھوڑے سے بھی ہوں تو ماحول بدل جاتا ہے۔ جی اپنے آپ ہی خوش ہو جاتا ہے۔ پھر رجّن بھی تھا۔ وہ فرحان کو گاؤں بھر میں گھماتا پھرتا۔ تالاب میں سنگھاڑے کی بیلیں۔ کھیت میں گنّے اور

چنا مٹر۔ آگ میں بھنی ہوئی شکر قند۔ گنے کے رس کو کڑھاؤ میں ابال کر بنتا ہوا گڑ۔ کئی بار دیکھنے کے بعد بھی یہ ساری چیزیں بہت اچھی لگتی تھیں۔ ہوا میں انوکھی فرحت محسوس ہوتی تھی۔

رجّن نانا کے منشی جی کا بیٹا تھا۔ منشی جی گھر کے سارے کاموں کا انتظام دیکھتے۔ باغ کے آموں کی فصل پکواتے۔ کچھ زمینیں تھیں ان کا حساب رکھتے۔ باغ کے اگلے سرے پر نانا نے ان کے لئے دو کمروں کا چھوٹا سا گھر بنوا دیا تھا۔ اس میں برآمدہ، باورچی خانہ اور بیت الخلا سب ہی کچھ تھا۔ رجن کو نانا اسکول میں پڑھوا رہے تھے۔

اس مرتبہ فرحان نانا کے گھر آئے تو انھوں نے باغ میں گھومتے ہوئے ایک نئی چیز دیکھی۔ آم کے درخت کے تنے میں ایک کوٹر (چھوٹی سی کھوکھلی جگہ) بن گیا تھا۔ اس میں سے ایک بڑا خوبصورت طوطا گردن نکال کر جھانک رہا تھا۔ فرحان کو وہ بہت پیارا لگا۔ جیسے کوئی کھڑکی میں سے جھانک رہا ہو۔ وہ منہ اٹھا کر اسے دیکھنے لگے۔ طوطے نے جھٹ سے گردن اندر کرلی۔

''یہاں طوطا تھا''۔ فرحان نے رجّن سے کہا۔

''طوطے کا گھر''۔

''ہاں۔ مطلب اس کا گھونسلہ۔ اس نے بچے نکالے ہیں، اور بے وقوف وہ طوطی ہے۔ ان بچوں کی ممی''۔

''ہاہاہا۔ طوطوں کی ممی۔ فرحان کو بہت مزہ آیا۔ سب جانوروں کی، پرندوں کی ممی تو ہوتی ہی ہیں۔ ممی نہیں ہوں گی تو بچے پالے گا کون''۔ لیکن گھونسلہ تو پیڑ پر ہونا چاہیئے۔ بیل کے درخت پر کوے نے گھونسلا بنا رکھا تھا۔ انہوں نے کہا۔

رجّن فرحان کو گاؤں میں گھماتا تو خوب تھا لیکن کبھی کبھی شہری بابو کہہ کر چڑھاتا بھی تھا۔ اس وقت بھی اس نے چڑھایا۔

''ارے شہری بابو، طوطے زیادہ تر کسی کھوکھلی جگہ جیسے پیڑ یا پہاڑی کے کوٹر میں گھونسلا بناتے ہیں۔ اس میں انڈے دے کر انہیں سیتے اور بچے نکالتے ہیں۔ ہم اس طوطے کو شروع سے دیکھ رہے ہیں۔ کوٹر میں بچے نکل چکے ہیں۔ اب تو کچھ بڑے ہوئے ہوں گے''۔

فرحان نے تالی بجائی۔ ''ہم انہیں دیکھیں گے۔ طوطے کے بچے۔ آہا کتنے پیارے لگیں گے''۔

''ابھی باہر نہیں آتے۔ کیسے دیکھو گے''۔ رجن نے کہا۔

'کوٹر زیادہ اونچائی پر نہیں ہے۔ اس کے پاس موٹی سی شاخ بھی ہے۔ ہم اس پر چڑھ کر بچے دیکھیں گے''۔ گاؤں میں برابر آتے رہنے کی وجہ سے فرحان کو پیڑ پر چڑھنا آتا تھا۔ دراصل رجن نے ہی سکھایا تھا۔ وہ تو بندر کی سی پھرتی سے کسی بھی پیڑ پر چڑھ جاتا تھا۔

''بچوں کی ممی ناراض ہو گئی تو تمہیں کاٹ لے گی''۔ رجن نے ڈرایا۔

اس وقت بات آئی گئی ہو گی لیکن فرحان کے دل میں طوطے کے بچے دیکھنے کا خیال بنا رہا۔ تیسرے دن فرحان کی چھٹیاں ختم ہو رہی تھیں۔ اب پھر نہ جانے کب چھٹیاں ہوں گی۔ اس لئے دوپہر میں وہ چپکے سے باغ میں نکل گئے۔ سر اٹھا کر دیکھا۔ طوطا۔۔۔ نہیں طوطی۔۔۔۔ پھر آدھا جسم نکال کر جھانک رہی تھی۔ پھر وہ اڑ گئی۔ فرحان بہت خوش ہوئے۔ اچھا ہے بچے اکیلے مل جائیں گے ورنہ ان کی ممی کاٹ لیتی۔ وہ احتیاط سے پیر جما جما کر درخت پر چڑھ گئے۔ کوٹر میں جھانکا۔ کچھ ہرے ہرے پروں سے ڈھکے ننھے ننھے بچے دکھائی دیئے۔ شروع سے زیادہ تر پرندوں کے بچوں کے جسم پر، پر نہیں ہوتے۔ گوشت کے

لوتھڑے سے دکھائی دیتے ہیں۔ کچھ بڑے ہوتے ہیں تبھی پر نکلتے ہیں۔ یہ بچے اتنے بڑے ہو گئے تھے کہ ان پر پنکھ آ گئے تھے۔ بہت ہی پیارے لگے۔ فرحان کا جی چاہا انہیں ہاتھ میں لے کر دیکھیں۔ تبھی غصے سے ٹیں ٹیں کرتا طوطا ان کے سر پر منڈلانے لگا۔ فرحان نے جلدی سے ہاتھ ہٹایا۔ چہرہ دوسری طرف کرلیا۔ یہ ضروروی ہے۔ بچوں کی ممی۔ انہوں نے گھبراہٹ میں سوچا اور جلدی سے پھسل کر اتر آئے۔ دیکھا طوطا ان کے سر پر اب بھی منڈلا رہا ہے۔ وہ بگٹٹ بھاگے۔ اپنے گھر کے بجائے رجّن کے گھر کا رخ کیا۔ اپنے گھر میں داخل ہوتے تو گھبراہٹ کی وجہ بتانی پڑتی۔ جلدی میں اترتے ہوئے کچھ خراشیں آ گئی تھیں۔ ان کی وجہ بھی بتانی پڑتی۔ اچھی طرح ڈانٹ پڑتی۔ پیڑ پر چڑھنے کے لیے مما ہمیشہ منع کرتی تھیں۔ نانا بھی منع کرتے تھے۔

رجّن گھر پر ہی تھا۔ وہ بہت ہنسا۔ اسے شرارت سوجھی۔

''پتہ ہے تمہیں طوطوں کی ممی نے پہچان لیا ہے۔ اب وہ تمہارا پیچھا کرے گی''۔

''فرحان ڈر گئے۔ تب کیا کریں''۔

''ایسا کرو تم اپنے کپڑے بدل لو۔ تب طوطا تمھیں نہیں پہچان سکے گا''۔

''لاؤ اپنے کپڑے''۔ فرحان راضی ہو گئے۔

''ہمارے پاس صرف تین شرٹ ہیں۔ ایک کو ممی نے صابن ڈال کر بھگو رکھا ہے۔ ایک ہم نے پہنی ہے۔ تیسری تمھیں پہنا دی تو ابھی نہا کر کیا بدلیں گے''۔

''تب؟'' فرحان سخت پریشان ہو گئے۔

''ایک طریقہ ہے۔ تم بابو جی کی شرٹ پہن کر چلے جاؤ۔ اپنے کپڑوں کے اوپر ہی ڈال لینا''۔ جان تو بچے گی۔ اب گھر پر جو بھی ہو۔ وہاں ڈانٹ پڑے گی۔ کوئی طوطا تو نہیں کاٹے گا۔ سوچ کر فرحان راضی ہو گئے۔ رجن نے منشی جی کی قمیص نکال کر فرحان کو پہنچا دی۔ منشی جی لمبے چوڑے آدمی تھے۔ نو سال کے فرحان تو ان کی شرٹ میں جیسے ڈوب ہی گئے۔ بالکل پیروں تک آ گئی۔ مسخروں جیسے حلیے میں انھوں نے پورا باغ پار کیا اور گھر میں داخل ہوئے۔ رجّن کچھ دور تک ساتھ آیا، پھر چپکے سے پلٹ گیا۔

ممی سامنے ہی کھڑی ٹوکری میں پھل دیکھ رہی تھیں جو نانی نے دیئے تھے۔ شام کو واپس جانا تھا۔ یک دم سے فرحان پر نظر پڑی تو گھبرا گئیں۔ ''ارے مما۔۔۔۔ ہم ہیں۔ ہم فرحان''۔ ممی کی گھبراہٹ دیکھ کر وہ جلدی سے بولے۔ ''یہ کیا حلیہ بنا رکھا ہے۔ اور یہ قمیص تو منشی جی کی ہے''۔ ممی نے ٹوکری الگ رکھ کر پوچھا۔

مجبوراً فرحان نے پوری کہانی سنائی۔ وہ ابھی تک وہی قمیص پہنے کھڑا تھا۔ تبھی نانا بھی آ گئے۔ باورچی خانے سے روٹی پکاتی قمرن بوا نے جھانکا اور ہنسی سے لوٹ پوٹ ہو گئیں۔ توے پر روٹی جل اٹھی۔ نانی نے مینا پال رکھی تھی، اس نے شور مچایا 'کون ہے، کون ہے!''

پیچھے کچھ رک کر رجّن بھی آ گیا تھا۔ وہ خوب قہقہے لگا رہا تھا۔ ''ارے بابو جی کی شرٹ تو اتارو۔'' اس نے قمیص اتروائی۔

''مما، ہم اگلی بار نانا کے یہاں آئیں گے تب بھی طوطوں کی ممی ہمیں پہچان کر سر پر ٹھونگ لگائے گی؟'' فرحان نے پوچھا۔

لوگ پھر ہنس پڑے۔ ''نہیں تب نہیں پہچانے گی۔ بھول چکی ہوگی۔'' نانا نے کہا۔

مگر رجّن ٹپ سے بول پڑا۔ ''ممی نہیں پہچانے گی لیکن تب بچے تمہیں پہچان لیں گے۔ تینوں مل کر تمہیں ٹھونگ لگائیں گے''۔

فرحان روہانسے ہو گئے۔

نانا نے ہنس کر کہا، ''بے وقوف، رجّن تمہیں چھیڑ رہا ہے لیکن ہاں، پرندوں کو پریشان نہیں کرنا چاہیئے۔ بلکہ کسی بھی جانور کو پریشان نہیں کرنا چاہیئے۔ انہیں بھی چین سے رہنے کا حق ہے۔ وہ ہمارے ماحول کا بہت ضروری حصہ ہیں۔

***

ستارہ پری

راجہ مہدی علی خاں

ننھی شیلا ایک دن اپنی گڑیوں کے لیۓ چائے بنا رہی تھی۔ کہ یکایک اس کے گھر کے دروازے پر دستک ہوئی۔ شیلا نے خیال کیا کہ اس کی کوئی سہیلی اس سے ملنے آئی ہے۔ لیکن جب اس نے دروازہ کھولا تو دیکھا کہ ایک عورت اپنے تین بچوں کو گود میں لیۓ کھڑی ہے۔

اس عورت کے بازوؤں کے ساتھ سات رنگ کے خوبصورت پر بھی لگے تھے اور ماتھے پر ایک ستارہ جگمگا رہا تھا اور لباس تو ایسا تھا جیسے تتلی کے پروں کا بنا ہو۔

شیلا اسے مسکراتا دیکھ کر کہنے لگی۔ ''خوبصورت عورت تم کون ہو''؟

عورت بولی۔ ''میں ہوں ستارہ پری''

شیلا نے پوچھا : ''تمہیں مجھ سے کیا کام ہے ؟''

ستارہ پری بولی ۔ ''ذرا مجھے اپنے گھر میں داخل ہونے کی اجازت دو ۔''

شیلا کہنے لگی ۔ ''گھر میں گھس کر کیا کرو گی ؟''

ستارہ پری بولی ''اپنے بچوں کو تمہارے غسل خانے میں نہلاؤں گی ۔''

شیلا نے جواب دیا ۔ ''اچھا نہلا لو ۔''

اب پری اپنے بال بچوں کو غسل خانے میں نہلانے لگی اور شیلا اپنی خوبصورت مہمان کو تواضع کے لئے دوڑا کر بازار سے بسکٹ لینے چلی گئی ۔ واپس آئی تو دیکھا کہ اس کی خوبصورت مہمان غائب ہے ۔ لیکن غسل خانہ خوشبوؤں سے مہک رہا ہے ۔

شیلا نے حیرت سے غسل خانے میں ادھر ادھر نظر دوڑائی تو دیکھا کہ پری اپنا ایک خوبصورت دستانہ الگنی پر بھول گئی ہے دستانہ پیارا تھا ۔ اسے دیکھتے ہی شیلا کے منہ سے مارے خوشی کے ایک چیخ نکل گئی ۔ اس نے دوڑ کر اسے پہن لیا ۔ دستانہ پہنتے ہی وہ ایک اور ہی دنیا میں پہنچ گئی ۔

اس نے دیکھا کہ وہ بالائی کے ایک پہاڑ پر کھڑی ہے. جس سے دودھ کی ندیاں نیچے کو بہہ رہی ہیں۔ پہاڑ پر چاندی کے چھوٹے چھوٹے چمچے بھی بکھرے تھے۔ شیلا نے ایک چمچہ اٹھا لیا اور بالائی کے پہاڑوں کی مزہ دار چوٹیاں کھانے لگی۔ بالائی کھانے کے بعد اسے پیاس محسوس ہوئی تو وہ نیچے اتر آئی۔ دودھ کی ندیوں کے کنارے مصری کے کٹورے رکھے تھے ایک کٹورا ندی کے دودھ سے بھر کر اس نے پیا اور پھر آگے بڑھی۔ ہر طرف باغ ہی باغ نظر آرہے تھے۔ جن میں رنگ برنگ شربت کے فوارے ناچ رہے تھے فواروں کے حوض کے کناروں پر زمرد کے چھوٹے چھوٹے گلاس رکھے تھے۔ اس نے ایک فوارے سے شربت کا ایک گلاس پیا۔ پھر دوسرے فوارے سے پھر تیسرے فوارے سے کیونکہ ہر فوارے کے شربت کا مزہ نیا تھا۔

اس کے بعد شیلا نے باغ کو غور سے دیکھنا شروع کیا۔ معلوم ہوا کہ اس میں چہکنے والے پنچھی بھی مٹھائی کے ہیں۔ ایک کوئل اور ایک بلبل شیلا نے پکڑ کر کھائی اور پھر آگے بڑھی۔ آگے ایک بڑا خوبصورت بازار آگیا۔ جس میں ہر طرف پریاں ہی پریاں نظر آتی تھیں۔ شیلا ان میں جا گھسی اور بازار کا تماشا دیکھنے لگی۔

دکانوں پر بڑی بڑی عجیب چیزیں بک رہی تھیں۔ رنگ برنگ پھول تتلیاں۔ ستارے۔ موتی۔ کل سے اڑنے والے پنچھی۔ گلدان مربے۔ جام۔ چاکلیٹ اور طرح طرح کے کھلونے۔

یکایک شیلا کو ستارہ پری اپنے بچوں کے ساتھ ایک دکان پر کھڑی نظر آئی۔ وہ ایک دکان سے اپنے بچوں کے لئے نرگس کے پھول چرا رہی تھی۔

شیلا چلا کر بولی ''ستارہ پری دکان دار کے پھول کیوں چرا رہی ہو۔''

ستارہ بری نے مڑ کر اس کی طرف دیکھا اور مسکرا کر بولی ''شیلا میرے قریب آؤ۔''

جب شیلا اس کے پاس آئی تو ستارہ پری نے اس کی آنکھوں پر اپنے نرم نرم ہاتھ رکھ دیئے اور بولی ''شیلا جو کچھ دیکھ رہی ہو نہ دیکھو۔ جو کچھ سوچ رہی ہو نہ سوچو۔ جو کچھ دیکھ چکی ہو بھول جاؤ۔''

اس کے بعد ستارہ پری نے زور سے ایک خوبصورت قہقہہ لگایا اور اپنے نرم نرم ہاتھ شیلا کی آنکھوں سے ہٹا لئے۔

شیلا ڈر گئی۔ اس نے آنکھیں پھاڑ پھاڑ کر چاروں طرف دیکھنا شروع کیا۔ اب وہاں کچھ بھی نہ تھا۔ وہ اپنے بستر پر لیٹی تھی۔

اس کے بھیا کا سفید مرغا ککڑوں کوں ککڑوں کوں کر رہا تھا۔ کہ آسمان پر صبح کا ستارہ اس کی طرف دیکھ دیکھ کر شرارت سے مسکرا رہا تھا۔

***

داستان گو آیا ہے

رتن سنگھ

داستان گو آیا ہے

اور اپنے ساتھ کہانیوں کا پٹارا لایا ہے

کون سی کہانی سنائے

یہی بات اس کی سمجھ میں نہ آئے

اتنے میں پٹارے سے آواز آئی

آج تو میری باری ہے بھائی

داستاں گو نے ایک بار بچوں کی طرف دیکھا

اور پھر اپنے پٹارے میں جھانکا

کہانی ہری بھری تھی

دیکھنے میں بہت ہی بھلی تھی

اس نے اسی کو نکالا

اور یوں گویا ہوا

واہ واہ! کیا کہانی ہے

سمجھ لو۔ 'پوری' زندگانی ہے

یہ تب کی بات ہے، جب دھرتی پر بنسپتی (نباتات) کا راج تھا

اور جنگل اس راج کا سرتاج تھا۔

آپ جانتے ہیں مگر پھر بھی بتاتا ہوں

زندگی کے بھید کو پھر سے دہراتا ہوں

جنگل ہی ہیں جو زندگی کو خوشبوؤں سے مہکاتے ہیں

اور ہواؤں کو پاک صاف بناتے ہیں

صاف لفظوں میں کہوں تواسی سے جاندار زندگی پاتے ہیں۔

توبچو! ہوا کچھ ایسا

کہ ایک تھا لکڑہارا

کلہاڑی کندھے پر رکھ کر جنگل میں جاتا تھا۔

اور وہاں سے لکڑیاں کاٹ کر لاتا تھا۔

لکڑہارے کی کلہاڑی جب پیڑ پر پڑتی تھی

تو پیر کی جان نکلتی تھی۔

اسے بڑا درد ہوتا تھا

اور وہ ہزار آنسو روتا تھا۔

کسی بچے نے کیا کہا؟

ہاں! یہ سوال اچھا ہے۔

میں بتاتا ہوں

سنو۔ پوری بات سمجھاتا ہوں۔

پیڑ بھی ہماری آپ کی طرح سانس لیتے ہیں

وہ ہوا سے نائیٹروجن نچوڑتے ہیں

اور آکسیجن چھوڑتے ہیں۔

مطلب یہ ہوا کہ وہ ہماری آپ کی طرح زندہ ہیں

دھرتی پر موجود زندگی کا بہت بڑا حصہ ہیں۔

دوسرے لفظوں میں کہوں تو دھرتی پر خود بھی پنپتے ہیں۔

اور دوسرے جانداروں کو زندگی بخشتے ہیں۔

ہاں! تو میں کہہ رہا تھا

لکڑہارے کی بات سنا رہا تھا۔

ایک رات، کچھ ایسا ہوا

لکڑہارا دن بھر کا تھکا ہارا تھا

گہری نیند سویا تھا

سپنوں کی دنیا میں کھویا تھا۔

سپنوں میں آپ جانتے ہیں کہ ایسا اکثر ہوتا ہے

کہ آدمی کسی اور ہی دنیا میں جا پہنچتا ہے

لیکن لکڑہارے کے ساتھ کچھ ایسا ہوا

سپنے میں بھی وہ ایک بہت بڑے جنگل میں پہنچ گیا

جنگل کیا تھا، ایک پوری دنیا بسی ہوئی تھی

لکڑہارا تو اسے دیکھ کر دیکھتا رہ گیا

یوں کہہ لیجیے کہ بھونچکا سا ہو گیا۔

کہیں کیکر تھا، کہیں لسوڑھا تھا

کوئی ننھا سا پودا تھا، کوئی صدیوں بوڑھا تھا۔

کہیں چندن کے پیڑ مہک رہے تھے

تو کہیں پیڑوں پر لگے پھول چہک رہے تھے۔

کہیں بڑے سے پیڑ پر پتلی سی بیل چڑھی تھی اور کسی پیڑ کی داڑھی زمین میں گڑی تھی۔

غرض یہ کہ چھوٹے یا بڑے پھولوں سے لدے یا کانٹوں سے بھرے سب کے سب مل جل کر ایسے رہتے تھے جیسے وہ ایک ہی جسم کے حصے تھے۔

جنگل کیا تھا، زندگی کا ہنستا ہوا چہرہ تھا

ہر طرف خوشیوں کا پہرہ تھا۔

کہانی کا لکڑہارا، دیکھ دیکھ کر حیران

بار بار اس کے منہ سے نکلے۔ یا مولا۔ تیری شان۔

پھر اس نے سوچا

اور خود کو کہتے سنا

کہ آدم کی زندگی میں ایسا کیا ہے

کہیں راستے روشن ہو گئے ہیں اور کہیں اندھیرا چھا گیا ہے

کوئی سکھوں کی نیند سوتا ہے اور کوئی دکھوں کے

اندھیرے میں بھٹک رہا ہے۔

لکڑہارے نے اتنا تو سوچ لیا۔

مگر اس کے آگے نہ بڑھ سکا

آخر تو بیچارہ صرف لکڑہارا تھا

وہ لکڑی کاٹنے کے تصور میں بھٹک گیا۔

اور اس نے سوچا

میرے پاس کلہاڑی ہوتی تو ایک بوجھ لکڑی کاٹ لیتا۔

جنگل کی عظمت دیکھ کر وہ بھول گیا تھا کہ وہ سپنا دیکھ رہا ہے۔

وہ سمجھتا تھا کہ وہ حقیقت جی رہا ہے۔

سپنے میں تو ایسا ہوتا ہے۔

جو دل چاہتا ہے، تو وہ ہو جاتا ہے

اس لیے اس وقت ایک معجزہ ہوا

اور اس کے کندھے پر ایک کلہاڑا آ گیا۔

لکڑہارا خوش ہوا

اور لکڑی کاٹنے کی بات سوچنے لگا۔

اس نے کلہاڑا ہاتھ میں پکڑا

اور پیڑ پر چوٹ کرنے کے لئے کلہاڑا اوپر اٹھایا

تبھی ہوا میں لہراتی ایک آواز نے اسے ٹوکا

اسے مت کاٹو۔ یہ نیم ہے

یہ تو اپنے آپ میں پورا حکیم ہے

اسے دیکھ کر ہر بیماری کانپتی ہے

کیونکہ اس کی کڑواہٹ میں امرت کی دھار بسی ہوتی ہے۔

لکڑہارے نے ادھر ادھر دیکھا

حیران ہوا۔ وہاں تو کوئی نہ تھا۔

پھر بھی وہ نیم کو چھوڑ کر دوسرے پیڑ کی طرف بڑھا

تبھی ایک آواز پھر ہوا میں لہرائی

اور اس کے کانوں سے ٹکرائی۔

یہ پیپل ہے۔ آگے نہ بڑھو۔ ٹھہر جاؤ

اپنے راستے میں کانٹے نہ پھیلاؤ

اسے بچا کر، زندگی کو بچاؤ

اس کی جڑ، چھال، پتے، بیج، کن کن دوا ہے

اسی لیے لوگ کہتے ہیں کہ یہ پیڑ نہیں۔ دیوتا ہے۔

اس طرح لکڑہارا، جدھر بھی قدم بڑھائے۔

تبھی ہوا میں لہراتی ہوئی آواز آئے

ہر پیڑ کے گن گنوائے

اور اسے کاٹنے سے ٹوکتی جائے۔

ہوتے ہوتے لکڑہارے کے سامنے ایک سوکھا پیڑ پڑا۔

تو وہ زمین پر مٹی کے ساتھ مٹی ہوتا جا رہا تھا۔

اس نے سوچا اسے کاٹنے سے اسے کوئی نہیں روکے گا

اور وہ کلہاڑا ہاتھ میں لیے آگے بڑھا

لیکن پھر وہی آواز پھر سے آئی

اور لکڑہارے کو ایک نئی بات بتائی۔

پیڑ مر کر بھی پیڑوں کا بھلا کرتے ہیں

وہ مٹی سے مٹی ہو کر ان کے لیے کھاد بن جاتے ہیں

یہ سوکھی سڑی لکڑی، دوسروں کے لیے زندگی بن جائے گی

اور خود بھی پتے پتے میں ہری بھری ہو کر لہرائے گی۔

آخر لکڑہارا سپنے میں چلتا چلتا

آگے بڑھتا رہا اور آخر وہ ایک برگد کے نیچے پہنچ گیا۔

برگد، آپ جانتے ہیں کہ پیڑوں کا بادشاہ ہے۔

بادشاہ ہے، مگر خود کو زندگی کا خادم سمجھتا ہے۔

اسی نے ہوا کے ذریعے پیغام بھیجا تھا۔

اور لکڑہارے کو پیڑ کاٹنے سے روکا تھا۔

لکڑہارا سوتے میں سپنا دیکھ رہا تھا

مگر خود کو جاگتا ہوا سمجھ رہا تھا۔

اسے جب یہ احساس ہوا کہ وہ جنگل کے بادشاہ کے دربار میں پہنچ گیا ہے

تو اس نے سوچا۔ میرے لیے اپنی بات کہنے کا یہی موقع ہے۔

اس نے ہمت بٹوری اور یوں گویا ہوا

حضور! لکڑی نہیں کاٹوں گا تو بیچوں گا کیا؟

اسی میں روزی ہے۔ روٹی ہے، اسی سے اپنا گزارا کرتا ہوں

یہ سہارا نہ رہا تو آج نہیں تو کل مرتا ہوں۔

تھوڑی دیر کے لئے وہاں سناٹا چھا گیا

تبھی ہوا کا ایک ٹھنڈا میٹھا جھونکا آیا

اس نے لکڑہارے کو دلاسہ دیا

اور آخریوں گویا ہوا۔

دیکھو لکڑہارے! یہ جنگل زندگی کی بیش قیمت دولت ہے

صاف لفظوں میں کہوں تو یہ زندگی کی بنیادی ضرورت ہے

یوں سمجھ لو کہ ان کے دم سے ہی زندگی کے گھر میں سویرا ہے

یہ نہیں ہوں گے تو وہی آخرت کا سا اندھیرا ہے۔

اب رہی بات تمہاری روزی روٹی کا تو ہم

اس کا بھی انتظام کرتے ہیں

اور تمہاری جھولی موسمی پھلوں سے بھرتے ہیں۔

آواز کا ایسا کہنا تھا۔

کہ تبھی ایک معجزہ ہوا

بھانت بھانت کے پھل ہوا میں اڑتے ہوئے آئے

اور لکڑہارے کے سامنے ڈھیر کے ڈھیر لگ گئے۔

پھلوں کا بھاری گٹھر اٹھائے لکڑہارا گھر کی طرف جا رہا تھا

تواس کا سپنا ٹوٹ گیا۔

کہتے ہیں کہ اب لکڑہارے کے گھر میں زندگی کی بڑی رحمت ہے

یوں کہیئے کہ اب برکت ہی برکت ہے۔

اتنا کہہ کر داستاں گو نے اپنا پٹارا کھولا

اور بچوں سے یوں گویا ہوا۔

آپ کا ہے فرض اولیں

جنگل بچا کے رکھنا

دھرتی کے ہیں یہ زیور

ان کو سجا کے رکھنا

جنگل کے دم سے ہم ہیں

جنگل سے زندگی ہے

جنگل کی حفاظت ہی

قدرت کی بندگی ہے

یہ کہتے ہوئے داستاں گو نے اپنا پٹارا لپیٹا

اور دوسری جگہ جانے کے لیے اٹھا۔

بچوں نے کہا۔ جاؤ۔ ضرور جاؤ اور یہ سندیشہ سب کو سناؤ

لیکن ہمیں اپنا نام اور پتہ تو بتاؤ۔

ارے نام میں کیا رکھا ہے؟ زندگی کا حاصل تو افسانہ ہے۔

اور کتابوں میں میرا ٹھکانہ ہے،

جہاں قاری ہے، وہیں میرا ڈیرا ہے۔

اور وقت کا ہر دور میرا ہے۔

***

گڑیا کی شادی

زہرا نگاہ

علی زے ایک بہت پیاری بچی ہے۔ اس کے پاس ایک گڑیا ہے۔ دیکھنے کے لائق۔ علی زے اپنی گڑیا سے بہت پیار کرتی ہے۔ ایک دن اس نے سوچا کیوں نہ میں اپنی گڑیا کی شادی کر دوں۔ کل جمعہ ہے۔ جمعے کا دن اچھا رہے گا۔ سب سے پہلے علی زے اپنی آپا کے پاس گئی اور بولی:

"آپا! کل میری گڑیا کی شادی ہے۔ آپ ضرور آئیے۔"

آپا نے کہا: "میں ضرور آتی مگر کل تو مجھے سچ مچ ایک شادی میں جانا ہے۔"

علی زے کے دونوں بھائی علی اور باچھو جب اسکول سے آئے تو علی زے نے ان سے کہا: ''کل میری گڑیا کی شادی ہے۔ آپ دونوں ضرور آئیے۔''

دونوں خوب ہنسے۔ بولے: ''بھئی، کل تو ہم کرکٹ کھیلنے جارہے ہیں۔''

علی زے نے اپنی سہیلیوں ربیعہ اور مریم سے کہا۔ وہ دونوں جمعہ کو اپنی خالہ کے گھر جارہی تھیں۔

پھر علی زے نے سوچا، چھوٹے شایان کو بلاؤں۔ شایان علی زے کا خالہ زاد بھائی تھا اور دوست بھی تھا۔ مگر شایان اس وقت گھر پر نہیں تھا۔

اب تو علی زے بہت پریشان ہوئی۔ مگر کیا کرتی۔ صبح صبح اٹھ بیٹھی۔ اپنے تمام کھلونے سجائے۔ گڑیا کو اچھے اچھے کپڑے پہنائے اور خود ہی اپنی گڑیا کی شادی میں شامل ہوگئی۔

تھوڑی دیر بعد کیا دیکھتی ہے کہ اس کی گڑیا کی شادی میں بہت سے مہمان آرہے ہیں۔ بھالو، طوطا، گرگٹ، جھینگر اور جگنو میاں۔ یہ سب تحفے بھی لائے تھے۔

بھالو کے خالو بھی آئے ہوئے تھے۔ وہ ایک بہت خوبصورت صندوق لائے تھے۔ گرگٹ بندے لایا تھا جو ہلانے سے چمکتے تھے اور تو اور جھینگر گڑیا کے لئے

دوشالہ لایا تھا اور طوطا وہ اپنا پوتا ساتھ لایا تھا اور گڑیا کے لئے ایک چھوٹی سی بندوق لایا تھا۔ رہے جگنو میاں، تو ان کی کیا بات تھی۔ وہ چمک چمک کر گڑیا کے چاروں طرف ناچ رہے تھے اور گا رہے تھے۔

علی زے بہت خوش ہوئی۔ ساری اداسی غائب ہوگئی۔ کیسی اچھی شادی ہو رہی تھی۔ یکایک دروازہ زور سے کھلا۔ علی زے کی آنکھ کھل گئی۔ آپا، دونوں بھائی، ربیعہ مریم سب لوگ آ گئے تھے۔ ان سب کے ہاتھوں میں اپنے اپنے تحفے تھے۔ آپا نے کہا:

''دیکھو، میں ان سب کو لے کر آئی ہوں جن کو تم بلانا چاہتی تھیں۔ تھوڑی دیر ضرور ہوگئی۔ یہ لو میں تمہاری گڑیا کے لئے صندوق لائی ہوں۔''

بھیا بولے: ''اور میں بندوق، یہ چھوٹی سی۔''

چھوٹے بھائی نے کہا: ''یہ لو بندے، ہلانے سے چمکتے ہیں۔''

ربیعہ اور مریم بولیں: ہم تمہاری گڑیا کے لئے دوشالہ لائے ہیں۔'' اتنے میں شایان بھاگتا ہوا آیا اور اس کے پاس ایک چھوٹی سی لالٹین تھی وہ گڑیا کے چاروں طرف ناچ ناچ کر گانے لگا:

علی زے نے گڑیا کی شادی رچائی
شادی کی دعوت سب کو کھلائی
بھالو کا خالو صندوق لایا
طوطے کا پوتا بندوق لایا
جھینگر کی اماں نے بھیجا دوشالہ
بندر لے آیا گرگٹ بے چارہ
علی زے نے گڑیا کی شادی رچائی

***

مارک ٹوین کے لطیفے

سلام بن رزاق

مارک ٹوین امریکہ کا زبردست مزاح نگار ہو گزرا ہے غالب کی طرح بات میں بات پیدا کرنے میں اسے کمال حاصل تھا۔ اس کی ہر بات میں عموماً مزاح کا پہلو ہوتا۔ اس کے چند لطیفے سنو:

مارک ٹوین اور اس کے کچھ دوست بیٹھے شیکسپیئر کے ڈراموں پر بحث کر رہے تھے۔ مارک ٹوین کے ایک دوست نے کہا ''بھئی ہم نے تو سنا ہے کہ شیکسپیئر کے ڈرامے دراصل کسی اور کے تھے، شیکسپیئر کے نام سے یوں ہی مشہور ہو گئے ہیں۔ کچھ دوستوں نے اس سے اختلاف کیا۔ بحث طویل پکڑتی گئی۔ مارک

ٹوین نے بحث ختم کرنے کے ارادے سے کہا دوستو بحث چھوڑو میں جب جنت میں جاؤں گا تب خود شیکسپیئر سے پوچھ لوں گا کہ اس کے ڈراموں کا اصل مصنف کون تھا؟''

ایک دوست نے ہنستے ہوئے کہا ''مارک! کیا یہ ضروری ہے کہ شیکسپیئر جنت ہی میں ہو، یہ بھی تو ممکن ہے کہ وہ دوزخ میں پڑا ہو''

مارک نے اطمینان سے مسکراتے ہوئے جواب دیا ''اس صورت میں تم وہاں جا کر پوچھ لینا''۔

***

مارک ٹوین نے اپنے لڑکپن کا ایک واقعہ سناتے ہوئے کہا ''میں لڑکپن سے ہی بے حد ایماندار تھا۔ ایک دن میں اپنے گھر کے سامنے کھیل رہا تھا کہ میرے کان میں آواز آئی ''میٹھے سیب دو آنے میں، دو آنے میں۔'' ایک شخص ٹھیلا گاڑی دھکیلتا ہوا سڑک سے گزر رہا تھا۔ گاڑی میں گول گول، سرخ و سپید سیب بڑے پیارے لگ رہے تھے۔ میری جیب میں پیسے نہیں تھے مگر میرا جی

سیبوں پر للچا رہا تھا۔ میں نے گاڑی والے کی آنکھ بچا کر ایک سیب اڑا لیا اور بغل کی گلی میں گھس گیا۔ جیسے ہی میں نے سیب پر موںہہ مارا میرا دل مجھے ملامت کرنے لگا۔ میں بے چین ہو گیا اور دوڑتا ہوا گلی سے باہر نکلا، سیب والے کے پاس پہنچ کر میں نے وہ سیب گاڑی میں رکھ دیا۔۔۔ اور اس کی جگہ ایک پکا اور میٹھا سیب اٹھا لیا۔''

***

مارک ٹوین کو شام کے وقت ایک لکچر دینا تھا۔ دوپہر کو وہ بال کٹوانے گیا۔ نائی نے قینچی سنبھالی اور حسب عادت زبان بھی قینچی کی طرح چلانے لگا ''جناب عالی! آج شام کو مارک ٹوین کا لکچر ہونے والا ہے۔ کیا آپ نے ٹکٹ خرید لیا ہے؟ نہ خریدا ہو تو خرید لیجئے ورنہ لکچر کھڑے رہ کر ہی سننا پڑے گا۔''

مارک ٹوین نے بڑی سادگی اور سنجیدگی سے کہا ''بھائی تمہاری رائے کا شکریہ۔ لیکن میں بڑا بد نصیب ہوں کیوں کہ جب بھی مارک ٹوین کا لکچر ہوتا ہے مجھے تو کھڑا ہی رہنا پڑتا ہے۔''

کسی نے مارک ٹوین سے پوچھا، بڑی بھول اور چھوٹی بھول میں کیا فرق ہے؟''
مارک نے ٹھنڈے دل سے جواب دیا۔ ''دیکھو اگر تم کسی ہوٹل میں چائے پینے کے بعد واپسی میں بھول سے اپنی پرانی چھتری کے بجائے کسی کی نئی چھتری اٹھا لاؤ تو یہ چھوٹی بھول ہے۔ مگر اس کے برعکس اپنی نئی چھتری کے بجائے کسی کی پرانی چھتری اٹھا لاؤ تو یہ بڑی بھول ہوگی۔''

***

مارک ٹوین اور سیونٹن نے ایک اخبار جاری کیا مگر ان کا اخبار ابھی ابتدائی دور سے گزر رہا تھا، اس لئے انہیں ہمیشہ روپوں کی ضرورت رہتی تھی۔ ایک دفعہ تین ڈالر کی سخت ضرورت پیش آئی۔ دونوں اخبار کے دفتر میں فکرمند بیٹھے خیالی گھوڑے دوڑا رہے تھے، مگر کوئی تدبیر سمجھ میں نہیں آ رہی تھی۔ اتنے میں خدا جانے کہاں سے ایک خوبصورت کتا ہانپتا ہوا آیا اور مارک کے پیروں کے پاس بیٹھ کر سستانے لگا۔ مارک نے حیرت سے اسے دیکھا، پھر ادھر ادھر نظر دوڑائی کہ کہیں اس کا مالک نظر آ جائے، مگر وہاں کوئی نہیں تھا۔ چند لمحوں بعد

جنرل مائلس کا وہاں سے گزر ہوا۔ ان کی نظر مارک کے پیروں کے پاس بیٹھے ہوئے خوب صورت کتے پر پڑی۔ انہوں نے مارک سے پوچھا ''مجھے کتے کی ضرورت ہے کیا تم اسے مناسب داموں میں فروخت کرنا پسند کرو گے؟''

مارک نے ایک لمحہ تک کچھ سوچا اور پھر جھٹ کہا۔ ''تین ڈالر دے دیجئے اور کتا لے جائیے۔''

''جنرل مائلس نے کتے کی قیمت زیادہ دینی چاہی مگر مارک نے تین ڈالر سے زیادہ لینے سے انکار کر دیا۔ آخر مائلس نے تین ڈالر اس کی ہتھیلی پر رکھے اور کتے کو لے کر چلا گیا۔ ابھی دو منٹ بھی نہ گزرے ہوں گے کہ ایک شخص ہانپتا کانپتا آیا۔ مارک پر نظر پڑتے ہی اس نے تیز چلتی ہوئی سانسوں پر قابو پانے کی کوشش کرتے ہوئے کہا۔ بھائی! تم نے یہاں میرا کتا دیکھا ہے؟ اس کے گلے میں سنہرے رنگ کا پٹہ تھا۔''

مارک نے کہا ہاں دیکھا تو ہے اور اسے ڈھونڈنے میں آپ کی مدد کر سکتا ہوں مگر اس کے بدلے میں مجھے تین ڈالر دینے ہوں گے۔''

اس شخص نے جھٹ سے تین ڈالر نکالے اور مارک کو دیتے ہوئے لجاجت آمیز لہجے میں کہا۔ ''صاحب! بڑی مہربانی ہوگی چلیئے میری مدد کیجیئے۔''

مارک اس شخص کو سیدھا جنرل مائلس کے گھر لے گیا اور جنرل مائلس کے تین ڈالر واپس کرتے ہوئے ان سے کتا لے کر اصل مالک کے سپرد کر دیا اور کتے کے مالک کے تین ڈالر، جو اس کا جائز حق تھا، اپنی جیب میں ڈال کر دفتر کی طرف چل دیا۔

★★★

قصہ لکھن لال جی کا

شکیل الرحمن

مجھے یاد ہے میں بہت چھوٹا تھا۔

وہ اچانک ہماری حویلی میں دندناتے ہوئے داخل ہوئے تھے، انتہائی بھیانک چہرہ، کہیں سے بھالو، کہیں سے ہنومان اور کہیں سے لنگور، بڑے بڑے بال، ایک اچھلتی لچکتی بڑی سی دم، اچھلتا ہوا میرے سامنے آن کھڑے ہوئے اور اچھل اچھل کر کہنے لگے،

''ناک دھودھڑکی ناک نجر کھر رے کھاں''

''ناک دھودھڑکی ناک نجر کھر رہے کھاں''

میں ڈر سے تھر تھر کانپنے لگا۔ میرے ماموں کو شرارت سوجھی۔ انھوں نے مجھے پکڑکران کے اور بھی قریب کر دیااور انھوں نے مجھے گود میں لے لیا۔ پھر کیا تھا پوری حویلی میری چیخ سے گونجنے لگی، روتے روتے بے حال ہوگیا، تم نہیں جانتے بچو میرا کیا حال ہو گیا۔ جب انھوں نے مجھے چھوڑا تو میں نڈھال ہو چکا تھا تھر تھر کانپ رہا تھا— پھر مجھے فوراً ہی تیز بخار آگیا۔ شب میں بھی میرے کانوں میں ان کی آواز گونجی،

''ناک دھودھڑکی ناک نجر کھر رہے کھاں''

ابھی تک مجھے وہ بے معنی آواز یاد ہے۔ بچپن کی یادوں کے ساتھ یہ آواز بھی آ جاتی ہے۔ کل اس آواز کا خوف طاری ہو جاتا تھا تو تھر تھر کانپنے لگتا تھا۔

وہ ہر جمعہ کو آجاتے، اسی طرح چیختے ہوئے ''ناک دھودھڑکی ناک نجر کھر رے کھاں۔'' اور میں سہم جاتا۔ دالان کے دروازے کے پیچھے چھپ جاتا، چونکہ ہر ہفتے جمعہ کے دن میرے ابو میرے ہاتھ سے محتاجوں کو پیسے کپڑے تقسیم

کراتے۔ اس لیے وہ بھی ہر ہفتے بس اس دن آجاتے ہیں، جو مل جاتا لے کر چلے جاتے۔ اُنھیں دیکھ کر میری روح فنا ہو جاتی۔

وہ۔۔۔ اوران کے بے معنی لفظوں کی بھیانک آواز مجھے پریشان کر دینے کے لیے کافی تھی۔ حویلی کے کچھ لوگوں کو مجھے ڈرانا ہوتا نا بچو، تو وہ کہتے "دیکھو وہ آ گیا بندر کی دم والا۔"

"ناک دھودھڑ کی ناک نجر کھر رہے کھاں"

اور میری حالت غیر ہو جاتی، کبھی پلنگ کے نیچے کبھی لحاف کمبل میں دبک جاتا۔

بہت دن بیت گئے۔

جب کچھ بڑا ہوا تو معلوم ہوا ان کا نام لکھن لال ہے اور وہ ایک بہروپیا ہیں، مختلف قسم کے بھیس بدلتے اور گھر گھر جا کر پیسے مانگتے ہیں۔

یاد ہے ایک روز وہ ڈاکیہ بن کر آئے اور حویلی کے چبوترے پر بیٹھے کچھ لوگ دھوکہ کھا گئے۔ پھر وہ بیٹھے رہے چبوترے پر اور اپنی کہانی سناتے رہے۔ میں بھی پاس ہی بیٹھا ان کی کہانی سننے لگا۔ مجھے یاد نہیں ان کی کہانی کیا تھی البتہ یہ تاثر اب تک

ہے کہ وہ جو کہانی سنا رہے تھے اس میں کچھ دُکھ بھری باتیں تھیں، اپنی کہانی سناتے سناتے رو پڑے تھے۔ میرا دل بھی بھر آیا تھا اس لیے کہ میں کسی کو روتا دیکھ نہیں سکتا۔

اتنا یاد ہے ان کا نام لکھن لال تھا، موتی ہاری شہر سے کچھ دور ''بلواٹال'' میں رہتے تھے ایک چھوٹی سی جھونپڑی میں۔ آہستہ آہستہ ان سے دوستی ہونے لگی۔ مجھے بتاتے کس کس طرح بہروپ بھر کر لوگوں کو غلط فہمی میں ڈالتے رہے ہیں۔ اُن کی ہر بات بڑی دلچسپی سے سنتا، وہ کبھی عورت بن جاتے، کبھی پوسٹ مین، کبھی ہنومان، کبھی کرشن کنہیا۔ جب وہ اپنی بات پوری کر لیتے تو میں فرمائش کرتا ایک بار بولیے نا ''ناک دھودھڑ کی ناک نجر...'' اور وہ میری خواہش پوری کرتے ہوئے اپنے خاص انداز سے کہتے ''ناک دھودھڑ کی ناک نجر کھر رے کھاں'' ان سے اس طرح سنتے ہوئے اچھا لگتا۔

پھر وہ کہاں اور میں کہاں، میں اپنے گھر اور پھر اپنی ریاست سے بہت دور اور وہ میرے اور اپنے پرانے شہر میں جانے کتنا زمانہ بیت گیا۔ ان کی یاد آئی تو اپنے پہلے خوف سے ان سے دوستی تک ہر بات یاد آ گئی۔ کشمیر میں اپنے بچّوں کو ان

کے بارے میں بتایا اور میرے بچّوں کو بھی ان بے معنی لفظوں سے پیار سا ہو گیا۔ ''ناک دھودھڑکی ناک نجر کھر رے کھاں۔''

بہت دن بیت گئے۔

موتی ہاری گیا تو لکھن لال کی یاد آئی، پرانے لوگوں میں ان سے بھی ملنے کی بڑی خواہش ہوئی، اپنے عزیز دوست ممتاز احمد سے کہا ''میرے ساتھ بلواٹال چلو، لکھن جی کا مکان ڈھونڈیں شاید زندہ ہوں اور ملاقات ہو جائے''۔ بڑی مشکل سے ان کی جھونپڑی ملی، ہم اندر گئے، دیکھا ایک کھٹولہ ہے، اسی کھٹولے پر ایک چھوٹا سا پنجر، ایک انسان کا ڈھانچہ پڑا ہوا ہے، لکھن لال بہت ہی ضعیف ہو چکے تھے اور سکڑ گئے تھے۔ اندر دھنسی ہوئی آنکھیں، بال ابرو غائب، دانت ندارد، حد درجہ سوکھا جسم، کھلا ہوا منہ، چہرے پر اتنی جھریاں کہ بس انھیں ہٹا کر ہی چہرے کو ڈھونڈا جا سکتا ہے۔ منہ کھولے اپنی دھنسی ہوئی آنکھوں سے ہمیں دیکھ رہے تھے۔ کہانی بس ختم ہونے کو تھی، چراغ بس بجھنے کو تھا، اچھا ہوا جو مل لیے، اچھا ہوتا جو نہ ملتے۔ وہ اس رُوپ میں ملیں گے، سوچا بھی نہ تھا۔ وہ بھالو،

ہنومان، لنگور کا مکسچر یاد آگیا کہ جس نے اُچھل اُچھل کر پہلی بار مجھے اتنا خوفزدہ کیا تھا کہ اب تک بھولا نہیں ہوں۔

کیا یہ وہی شخص ہے؟

کیا یہ وہی لکھن لال ہیں۔

انھوں نے مجھے پہچانا نہیں۔ ممتاز نے انھیں میری یاد دلائی۔ انھیں یاد آگیا، پرانا وقت، میرا نام سنتے ہی کھٹولے پر ٹکٹکی باندھ کر دیکھنے والے کی دھنسی ہوئی آنکھوں میں آنسو آ گئے۔ ان کے پیار کی خوشبو مجھ تک پہنچ گئی۔ دھنسی ہوئی آنکھوں سے کئی قطرے ٹپک پڑے، میری آنکھوں میں بھی اپنے پرانے بزرگ دوست کو دیکھ کر آنسو آ گئے۔ اُنھوں نے آہستہ آہستہ ایک ہاتھ بڑھایا تو میں نے تھام لیا۔ اسی وقت ان کے ہونٹوں پر مسکراہٹ کی ایک لکیر سی کھنچ گئی۔ ایسی لکیر جو مٹائے نہ مٹے۔ نیم آلود دھنسی ہوئی آنکھیں بھی مسکرا رہی تھیں۔ وہ ایک ٹک بس مجھے دیکھے جا رہے تھے۔ ہم دونوں آنکھوں میں پچھلی کہانیوں اور رِشتوں کو پڑھ رہے تھے۔ کوئی آواز نہ تھی۔ بچو! میں سوچ رہا تھا عمر بھر بہروپ بھرتے رہے، سب کو ہنساتے ڈراتے رہے، آپ کا جواب نہیں

لکھن جی، مالک کے پاس جانے کے لیے جو نیا بھروپ بھرا ہے وہ اے-ون ہے۔ سنتے ہیں مالک ہر وقت ہنستا ہی رہتا ہے اور اسی کی ہنسی پر دنیا قائم ہے۔ ذرا اب تو ہنس کر دیکھے یہ بھروپ دیکھ کر رو پڑے گا۔

جب رخصت ہونے لگا تو انھوں نے روکا، آہستہ آہستہ بولنے لگے ''ناک۔۔۔ دھو۔۔۔ دھڑ۔۔۔ کی ناک۔۔۔ نجر۔۔۔ کھررے۔۔۔ کھاں۔'' پورے چہرے پر عجیب طرح کی مسکراہٹ پھیلی۔

پھر میری طرف دیکھتے ہی دیکھتے آنکھیں بند کرلی۔ پاس کھڑے ان کے کسی رشتہ دار نے بتایا وہ اچانک اسی طرح سو جاتے ہیں۔

اور ایک دن لکھن اچانک ابدی نیند سو گئے۔

بھروپیا اپنے نئے روپ کے ساتھ مالک کے پاس پہنچ گیا۔

***

چغل خور چڑیا

صوفی غلام مصطفیٰ تبسم

ایک تھی ننھی منی چڑیا۔ سارا دن اِدھر اُدھر گھومتی رہتی۔ ہوا میں سارا سارا دن اڑتے رہنے سے اُس کی دُم کے پَر بھی جھڑ چکے تھے اور سر پر تو کوئی بال ہی نہ رہا تھا۔ بڑی بد شکل ہو گئی تھی۔ کوئی اُسے منہ نہ لگاتا تھا۔ لیکن وہ بہت شریر اور چغل خور تھی۔ کچھ بھی ہو وہ شرارتوں سے باز نہ آتی تھی۔ حیوان اور پرندے اُس سے بہت تنگ آئے ہوئے تھے۔ اس کا کام یہ تھا کہ صبح گھر سے نکلتی اور دن

بھر جو باتیں اِدھر اُدھر سے سنتی ان پر جھوٹ موٹ کے حاشیے چڑھا کر اِس کی بات اُسے اور اُس کی بات اِسے سناتی اور ان کو آپس میں لڑاتی رہتی۔ چغلی کھانا اُس کا وتیرہ ہو گیا تھا۔

ایک دن ایک درخت پر بیٹھی ہوئی گانا گا رہی تھی، اور اپنی ہی دھُن میں مزے لے لے کر چوں چوں کر رہی تھی اتنے میں اس کی نظر ایک خرگوش پر پڑی جو آہستہ آہستہ اُسی درخت کی طرف چلا آ رہا تھا جس پر چڑیا بیٹھی تھی۔ وہ ایک دم خاموش ہو گئی۔ اتنے میں خرگوش درخت کے نیچے آ کر رُک گیا اور آرام سے بیٹھ گیا۔ اُس نے اِدھر اُدھر دیکھا۔ پھر اپنے آپ سے باتیں کرنے لگا: میرا جی چاہتا ہے آج بھیڑئیے میاں کو چھیڑوں اور کوئی ایسی چال چلوں کہ بھیڑیا غصّے سے آگ بگولا ہو جائے اور اپنا سر پیٹ کر رہ جائے۔ یہ کہہ کر وہ بے اختیار ہنس پڑا اور تالی بجانے لگا۔ یہ دیکھ کر چڑیا نے آواز دی: خرگوش بھیّا! میں نے تمھاری ساری باتیں سن لی ہیں۔ یہ بات نہیں ہو گی۔ میں ابھی جا رہی ہوں۔ اور جا کر سارا ماجرا بھیڑئیے میاں کو سناتی ہوں۔

خرگوش سُن کرڈر گیا۔ دل میں سوچنے لگا، یہ آفت کی پُڑیا اگر بھیڑئیے کے پاس پہنچ گئی اور ساری بات اُسے سُنا دی تو بھیڑیا مجھے جان سے مار دے گا۔

کچھ دیر وہ اسی طرح سہما ہوا وہاں کھڑا رہا۔ آخر اُسے ایک بات سُوجھی اور وہ خوشی سے ناچنے لگا۔ اُدھر چغل خور چڑیا اڑ کر بھیڑئیے کے پاس پہنچی اور جاتے ہی بولی : آقا جان! سلام عرض کرتی ہوں۔ بھیڑیے نے سلام کا جواب دیا اور پھر پوچھا : سناؤ ننھی چڑیا! کیا خبر لائی ہو؟ چڑیا نے کہا : حضور! آج خرگوش آپ کو بہت تنگ کرے گا۔ کہتا تھا کہ ایسی چال چلوں گا کہ بس توبہ! آپ ذرا ہوشیار رہیں اس سے۔ بھیڑیے نے کہا : کوئی بات نہیں، دیکھا جائے گا۔ تم فکر نہ کرو۔ چڑیا اُڑ گئی۔

اب خرگوش میاں بھی دبے پاؤں بھیڑیے کے پاس آئے اور ذرا دُور فاصلے پہ کھڑے ہو کر سلام کیا۔ بھیڑیے نے کہا : کیا بات ہے میاں خرگوش! تم دُور کیوں کھڑے ہو، میرے قریب کیوں نہیں آتے؟ خرگوش نے عاجزی سے جواب دیا : جناب! آپ سے ڈر لگتا ہے۔ سنا ہے آپ

چاہتے ہیں کہ مجھے مار کر میرا خون پی لیں اور میرے گھر پر قبضہ کر لیں۔

بھیڑیے نے کہا: یہ تم سے کس نے کہا ہے؟ خرگوش نے کہا: حضور! چڑیا نے۔ بھیڑیے نے کہا: اچھا! کوئی بات نہیں، ابھی پوچھ لیتا ہوں اس سے۔ یہ کہہ کر اس نے جنگل کی راہ لی۔

دُوسرے دن چڑیا اپنی عادت کے مطابق بھیڑیے کے پاس آئی، اور کہا: حضور! میں آپ کے لیے ایک بالکل تازہ خبر لے کر آئی ہوں۔ اجازت ہو تو عرض کروں۔ بھیڑیے نے کہا: ضرور کہو، ضرور! ہاں ذرا میرے قریب آ جاؤ۔ رات سے میرے کان کچھ خراب ہو گئے ہیں۔ میں اُونچا سننے لگا ہوں۔ بہتر ہے کہ میرے سر پر آ بیٹھو۔ چڑیا بھیڑیے کے سر پر بیٹھ کر باتیں کرنے لگی۔

بھیڑیے نے کہا: میری ننھی چڑیا! افسوس ہے کہ مجھے کچھ سنائی نہیں دیتا۔ اگر تمہیں تکلیف نہ ہو تو میری زبان پر آ بیٹھو اور باتیں کرو، تاکہ آسانی سے سُن سکوں۔ یہ کہہ کر بھیڑیے نے اپنی زبان باہر نکالی اور چڑیا لپک کر اس کی

زبان پر آ بیٹھی۔ اس کا زبان پر بیٹھنا تھا کہ بھیڑیا اسے چٹ کر گیا۔ یہ ہوتا ہے چغل خوری کا برا نتیجہ۔

***

راج ہنس کی کہانی

عبدالواحد سندھی

راجہ کا ایک باغ تھا۔ اس کے بیچ میں ایک تالاب تھا۔ وہ تالاب بڑا ہی تھا اور گہرا بھی تھا۔ اس کا پانی ایسا سفید تھا جیسا دودھ۔ اس کے کنارے سبزہ تھا اور اس سبزے میں رنگ رنگ کے پھول تھے۔

راجہ اپنی رانی کے ساتھ ہر روز شام کو سیر کرنے آتا تھا۔ رانی کو بھی یہ باغ اچھا لگتا تھا۔

ایک دن رانی نے راجہ سے کہا ''راجہ جی! یہ باغ اچھا ہے۔ یہ تالاب بڑا ہے۔ کیا ہی اچھا ہو، آپ ایک خوبصورت ہنس اور ایک خوبصورت ہنسنی پالیں۔ ہنس

تالاب میں تیرے گا اور ہنسنی بھی تالاب میں تیرے گی۔ '' راجہ جی نے کہا۔

''بہت اچھا ایسا ہی کریں گے۔ ''کچھ دنوں کے بعد راجہ کو ایک بڑا ہنس ملا، ایک بڑی ہنسنی ملی۔ راجہ نے ان کو بڑے شوق سے پالا۔ ہنس بھی خوبصورت تھا اور ہنسنی بھی خوب صورت تھی۔ ان کے پر ایسے سفید تھے جیسے برف۔ ن کی دیکھ بھال ایک لڑکا کرتا تھا۔ اس لڑکے کا نام جگو تھا۔ جگو بڑی ہوشیاری سے ان کی رکھوالی کرتا تھا۔

ایک دن ہنسنی نے ایک بڑا گول گول سفید انڈا دیا۔ وہ انڈا خوبصورت تھا۔ جگو نے انڈا راجہ کو دکھایا۔ رانی کو دکھایا۔ دونوں خوش ہوئے۔ راجہ نے جگو کو انعام دیا۔ جگو بھی خوش ہوا۔

جگو ایک ٹوکرا لایا۔ نرم نرم گھاس لایا۔ گھاس کو ٹوکرے میں رکھا۔ پھر ٹوکرے کو ایک کونے میں حفاظت سے رکھا۔ ہنسنی نے کل سات بڑے بڑے انڈے دیئے۔ جگو ان کو ہوشیاری سے اٹھا اور ٹوکرے میں رکھا جاتا۔ ان کو سجا کر رکھتا۔ پہلا انڈا بیچ میں رکھا۔ باقی چھ انڈے اس کے چاروں طرف اس طرح رکھے جس طرح ننھے منے بچے گھیرے کا کھیل کھیلتے ہیں۔ ایک دن ہنسنی اپنے

انڈے تلاش کرنے لگی۔ تلاش کرتے کرتے تھک گئی مگر اسے نہ ملے۔ وہ سارا دن اداس اداس سا رہی۔ نہ کچھ کھایا نہ پیا۔ نہ انڈا ہی دیا۔ تالاب کے کنارے پروں میں منہ چھپا کر بیٹھ گئی اور ہنس بھی چپ چاپ اس کے قریب ہی قریب ٹہلنے لگا۔ جگو سمجھ گیا۔ وہ ہنسنی کو انڈوں کے پاس لے گیا۔ ہنسنی ان کو دیکھ کر خوش ہوئی اور ''ہنس ہنس'' بولنے لگی۔

ہنسنی اسی دن سے انڈوں کو سینے لگی۔ ایک مہینے تک ان انڈوں کو سیتی رہی اور ہنس ٹوکرے کے چاروں طرف پھرتا رہا۔ ایک دن جگو صبح سویرے اٹھا۔ دیکھا کہ منے منے ہنس ہنسنی کے پیچھے پیچھے چل پھر رہے تھے۔ اب اس تالاب میں ہنسوں کا بڑا سا خاندان ہو گیا۔

بہت سے ہنس دیکھ کر خوش ہوتا اور جگو کو انعام دیتا۔ جب تک راجہ جیتا رہا یہی ہوتا رہا۔ اس وقت بھی اگر تم اس تالاب کے کنارے جا کر دیکھو تو تم کو اس ہنس اور ہنسنی کے بیٹے اور بیٹیوں کے بچے تیرتے ملیں گے۔ اس تالاب پر ان کا راج ہے اور ان کا رکھوالی کرنے والا جگو کا بیٹا بھگو ہے۔

***

روٹی کی بارات

عصمت چغتائی

ایک تھی روٹی! گول مٹول۔۔۔پیاری سی، جیسی کہ ہمارے دسترخوان پر ہوا کرتی ہے۔ پھولی ہوئی دونوں ورق الگ الگ، لال لال چتیوں دار۔ اسے چتیوں پر بہت ناز تھا۔ اسے اپنے باورچی سے بھی بڑا پیار تھا۔ وہ بڑے چاؤ سے آٹا گوندھتا، چکنا گول پیڑا بناتا، پھر ہولے سولے اسے چکلے پر پھیلا کر تھپتھپاتا اور ہتھیلیوں کے جھولے پر جھلا کر توے کی پیٹھ پر پھسلا دیتا۔ جب روٹی پھول کر کپا ہو جاتی تو جھپاک سے اسے رنگ برنگی گھاس کی بنی ہوئی ٹوکری میں ڈال دیتا۔

مگر روٹی بڑی اداس رہا کرتی۔ جس دستر خوان پر وہ جاتی، وہاں اس کی کچھ زیادہ قدر نہ ہوتی۔ اس دستر خوان پر بڑے بڑے ٹھسے کے لوگ ڈٹے ہوتے۔ قورمہ، متنجن، کوفتے، کباب وغیرہ، خاص طور پر نک چڑھی بی فرنی سے تو بے چاری روٹی کا دم نکلتا تھا۔ پستے، بادام اور چاندی کے ورقوں کا جگمگاتا جوڑا پہنے، کیوڑہ میں بسی بی فرنی کسی کو خاطر ہی نہیں لاتی تھیں۔ انھیں تو روٹی نگوڑی سے ایسی نفرت تھی جیسے وہ کوئی نیچ ہو۔

اس کے علاوہ اچار چٹنیاں، مربے وغیرہ تو یہ سمجھتے تھے کہ روٹی کوئی فقیرنی ہے جس کی ان کے بغیر گزر ہی نہیں ہو سکتی۔ آم کے مربے سے اگر روٹی کا دامن چھل جاتا تو وہ چراغ پا ہو جاتا۔ اسے تو بس چاندی کے چمچہ کی خوب صورت ڈولی میں ٹھُمکنا پسند تھا۔

مالک کے دستر خوان پر روٹی کی بڑی سبکی ہوتی۔ وہ مرغن کھانوں کے آگے اسے پوچھتا بھی نہ تھا کہ بی روٹی تمھارے منہ میں کے دانت ہیں۔ ویسے خود اس کے اپنے دانت مربے اور حلوے کھاتے کھاتے پھپوند گئے تھے۔ سب ڈگرڈگر ہلا کرتے تھے۔ ان ہلتے ہوئے دانتوں کے نیچے دَب کر روٹی کو ایسا معلوم ہوتا

جیسے کوئی اس کا بدن کانٹوں میں گھسیٹ رہا ہے۔ اسے تو باورچی کی بنو کے دودھ کے دانت بڑے پسند تھے۔ ان ننھے ننھے دانتوں کے نیچے اسے بڑا آنند ملتا تھا۔

دستر خوان پر وہ پڑی پڑی سوکھا کرتی۔ کبھی تو ایسا بھی ہوتا کہ مالک ایک نوالہ بھی نہ توڑتا، بس اپنے جھوٹے ہاتھ پونچھ کر اسے ایک طرف ڈال دیا کرتا۔

یوں میلی کچیلی جھوٹی روٹی کوڑے کرکٹ کے ڈبے میں پڑی رہتی، جہاں مکھیاں اور بڑے بڑے چیونٹے اس کا کلیجہ چھلنی کر دیتے۔

پیٹ میں جا کر تو اس کا اور بھی ناک میں دم ہو جاتا۔ وہ بھیڑ ہوتی کہ اللہ توبہ۔ ایک طرف میاں پلاؤ پھولے بیٹھے ہیں، تو دوسری طرف تنجن کے مزاج بھی نہیں ملتے۔ قورمہ اپنی ہی دھن میں مست، کوفتے اپنی اکڑ میں اینٹھے ہوئے۔ گھی مصالحہ کی کیچڑ، لہسن دھنیا کی بساند، جائفل جوتری کے بھبکے اور اوپر سے بی فرنی کے نوسو نخرے۔ حالانکہ پیٹ میں پہنچ کر سارا رنگ روپ لٹ جاتا۔ چاندی کے ورق کا شاہانہ جوڑا سرمہ بن جاتا۔ ادھ چبے پستے بادام پسلیوں میں چبھتے مگر وہ سب سے الگ تھلگ ناک اچکاتی رہتیں۔ آم کے اچار اور دہی کے رائتے سے تو بی فرنی

کے پَر جلتے تھے۔ گنواروں کی طرح یہ دونوں کوفتوں اور بوٹی کباب کے ساتھ مل کر بی فرنی کا ناطقہ بند کر دیتے۔

جب کبھی بھیڑ بہت بڑھ جاتی تو آپس میں جوتم پیزار شروع ہو جاتی۔ وہ گھمسان مچتی کہ الٰہی توبہ۔ پلاؤ قورمے کے کہنی مارتا، کوفتے، مگھارے بینگن کے ٹیپیں لگانے لگتے۔ متنجن قلیہ کے گھونسہ جماتا، قلیہ بی فرنی کے نتھنوں میں تیر ڈالتا۔ بس پھر شروع ہو جاتی لپاڈگی۔

مالک اپنا پیٹ پکڑ کر خوب دھما دھم کودتا۔ اس کے پیٹ میں ایسا معلوم ہوتا، جیسے کہ ہاتھی باکسنگ کر رہے ہیں۔

جب بات میاں معدے کے قابو سے باہر ہو جاتی تو وہ آہ وزاری شروع کر دیتے کہ خُدا کی پناہ۔ پھر مالک سوڈا بائی کاربالک یا فروٹ سالٹ کی کمک بھیجتا۔ جونہی فروٹ سالٹ کے اکھڑ سپاہی ڈنڈا گھماتے ٹِیر گیس چھوڑتے دندناتے سب کے حواس گُم ہو جاتے۔ جوتے کھا کر سب کے سب پست ہو جاتے۔

یہ دھما چوکڑی تو آئے دن ہی مچی رہتی تھی۔ کیوں کہ مالک کھاتا بہت تھا۔ اس آئے دن کی پولیس ریڈ سے بے چاری روٹی کا تو ناک میں دم تھا۔

اس کا جی چاہتا کہ باورچی سے کہے : اللہ! مجھے بنو کے لیے لے چلو، میں اس مارا ماری سے تنگ آگئی ہوں۔ بنو اپنے منے منے ہاتھوں سے نوالے بنائے گی میری زندگی آسان ہو جائے گی۔ میں اس کے پیٹ میں فروٹ سالٹ کے ڈنڈے تو نہیں کھاؤں گی۔ مزے سے ننھی بنو کے پیار بھرے معدے میں اس کی رگوں کے لیے خون بہاؤں گی، اور اس کی نرم و نازک ہڈیوں کو مضبوط کروں گی۔

ننھی بنو جب بڑی ہو جائے گی۔ مہندی لگے ہاتھوں میں جھُولا جھُلا کر توے کی پیٹھ پر چڑھا دے گی مجھے! وہاں میں غرور سے پھول کر کپا ہو جاؤں گی۔ وہ مجھے اپنے بچوں کے ہاتھوں میں تھما دے گی۔ وہاں آلو کی مزے دار ترکاری ہوگی اور میں، ہرے دھنیا کی چٹنی بھی بڑی خوش مزاج ہوتی ہے۔ ہمارا خوب نباہ ہو گا۔
اور ایک دن روٹی نے ایسی ترکیب لڑائی کہ وہ باورچی کی جیب میں بیٹھ گئی اچک کے۔ مگر اسے نہیں معلوم تھا کہ باہر پھاٹک پر پہرے دار باورچی کی تلاشی لیتا ہے اور اگر جیب سے روٹی نکلے تو مار پڑتی ہے۔

باورچی کو مار بھی پڑی، اور نوکری بھی گئی اور اس مار پیٹ میں روٹی ریت پر گر گئی۔ چوکیدار کے بھاری بوٹ نے اس کا پیٹ پھاڑ دیا اور وہ وہاں خاک اور دھول میں لتھڑی پڑی سسکیاں بھرتی رہی۔ پھر مہتر نے سینکوں والی جھاڑو سے اسے جھاڑ کر کوڑے کے ڈھیر پر پھینک دیا۔ جہاں وہ سڑے ہوئے آم کے چھلکوں اور باسی بدمزاج اُڑد کی دال کے ساتھ پڑی سڑتی رہی۔

اور ننھی سی بنو روٹی کے انتظار میں تھک کر روتے روتے سو گئی۔ خواب میں اس نے دیکھا روٹی کی بارات جا رہی ہے۔ گلاب جامنیں سہاگ گا رہی ہیں، رس گلے تاشے بجا رہے ہیں، بالو شاہی نرت بھاؤ کر رہی ہے۔ نیبو مجیرے بجا رہے ہیں اور دھنیا کی چٹنی دلہن کو سجا رہی ہے۔ روٹی سولہ سنگھار کیے پیتل کی تھالی میں بیٹھی ہے۔ سرخ سرخ چتیاں جگمگا رہی ہیں اور روٹی دور دیس کو جا رہی ہے۔ اپنے پیا کے دیس میں۔

مگر بنو نہیں جانتی کہ بعض خواب الٹے ہوتے ہیں، یہ روٹی کی بارات نہیں اس کی میّت ہے، جو گھوارے پر پڑی بھنک رہی ہے۔ جہاں آم کے سڑاندے چھلکتے

اس کا مذاق اڑا رہے ہیں، اور اُڑد کی بوڑھی بدبُودار دال زہریلی ہنسی ہنس رہی ہے۔

***

بالائی والا فقیر

علی عباس حسینی

اللہ رکھے ہمارا لکھنؤ بھی عجیب شہر ہے۔ بھانت بھانت کے لوگ انوکھی باتیں یہاں کے ہر باشندے کی الگ ریت ہے۔ امیروں رئیسوں کو تو جانے دیجئے روپئے کی گرمی ہر جگہ ہر دل و دماغ میں نیا ابال پیدا کرتی ہے۔ اس لئے دولت والوں کو تو چھوڑ یئے یہاں کے غریبوں بلکہ بھکاریوں کے بھی نئے نئے انداز ہوتے ہیں۔ جھونپڑیوں میں رہنے والے اگر محلوں کے خواب دیکھیں تو کوئی تعجب کی بات نہیں، مگر اس شہر کے فٹ پاتھ پر پڑے رہنے والے فقیر بھی شیر

مال اور پلاؤ سے کم درجے کی چیز کھانے کے لائق نہیں سمجھتے۔ جھوٹ نہیں کہتا، ایک سچی کہانی سنو! ایسی جو کان کی سنی نہیں آنکھ کی دیکھی ہے۔

لکھنؤ سٹی اسٹیشن اور جوبلی کالج کے درمیان جو ریل کا پل ہے وہ نہ جانے کب سے بھکاریوں کا اڈہ چلا آتا تھا۔ کئی لنگڑے، لولے، اندھے بھکاری اور بھکارنیں، گودڑوں میں لپٹے مٹی اور گندگی میں اٹے ہوئے اس پل کے نیچے بیٹھے اور لیٹے رہتے ہیں۔ ان میں کئی کوڑھی بھی ہوتے ہیں اور چاہے کوئی پیسہ دے یا نہ دے، یہ ہر آنے جانے والے کو اپنا مرض بانٹتے رہیں ہیں۔ انگریزی راج کے زمانے میں اس پل کے نیچے کی آبادی اسی قسم کی تھی۔ آج ہمارے راج میں بھی وہاں کا یہی حال ہے۔ گوروں کی حکومت میں وہ انسان نہ تھے، ہندوستانی تھے۔ اپنوں کے دور دورہ میں وہ نہ انسان ہیں نہ ہندوستانی۔

لو میں تو کہانی کہتے کہتے تمہیں سبق دینے لگا۔ اپنی حکومت کی کمیوں اور برائیاں بیان کرنے لگا مگر کیا کروں، سچی بات منہ سے نکل ہی پڑتی ہے اور پھر تمہیں دھیان کیوں نہ دلاؤں؟ تم ہی تو بڑے ہو کر ایک دن ملک کی حکومت کی باگ سنبھالو گے!

ہاں، تو خیر سنو۔ اسی ریل کے پل نیچے ایک فقیر رہتا تھا۔ وہ ٹاٹ پر بیٹھا گدڑی سے ٹانگیں چھپائے رکھتا تھا اس کی ٹانگیں ہیں یا نہیں، کم سے کم طالب علموں میں سے کسی نے اسے کھڑا یا چلتے پھرتے نہیں دیکھا تھا جب دیکھا بیٹھے ہی دیکھا مگر کمر کے اوپر کا دھڑ خاصا تھا۔ بڑی سی توند تھی۔ سینہ پر موٹے موٹے ڈھیروں بال تھے گول چہرے پر بڑی سی گول کھچڑی داڑھی تھی، چپٹی موٹی ناک اور آنکھوں کے دھندلے دیدوں کے کونوں میں کیچڑ بھری ہوئی سر کے بال بڑے بڑے الجھے ہوئے، مٹی میں اٹے ہوئے۔ صبح سے شام تک بس ایک رٹ لگاتا تھا۔

''ایک پیسہ بابا! ایک پیسہ''

آواز میں گرج سی تھی بالکل جیسی کہ بڑے طبل پر ہاتھ سے چوٹ دینے سے نکلتی ہے مگر اس فقیر کا کمال یہ تھا کہ وہ اس موٹی بھدی، گرج دار آواز کو بالکل روہانسی بنا لیتا تھا۔ ایسا معلوم ہوتا تھا کہ وہ جو ایک پیسہ مانگتا ہے، تو اس کا یہ سوال نہ پورا کیا گیا تو وہ مر ہی جائے گا۔ بس اس ایک پیسہ کے نہ ہونے سے اس کا دم ہی نکلنے والا ہے وہ بھوک سے پھڑک کر جان دینے ہی والا ہے اور ہم ایک

پیسہ دے کر اسے زندہ کرلیں گے نہیں تو اس کے مرنے کا گناہ اور پاپ اپنے سر ڈھوئیں گے۔

اس لئے ادھر سے کوئی آنے جانے والا ایسا نہ تھا جو اسے ایک پیسہ دینے پر مجبور نہ ہو۔ کالج میں پڑھنے والے لڑکے، ان کو پڑھانے والے ماسٹر، جن کا بھی پل کے نیچے سے راستہ تھا اس کے لئے گھر سے چلتے وقت پیسہ دو پیسہ جیب میں ڈال کر نکلتے تھے۔ یکے ٹانگے رکشہ والے بھی کسی نہ کسی پھیرے میں اس فقیر کو پیسہ دو پیسہ بھینٹ ضرور چڑھاتے تھے اور اس کا حال یہ تھا کہ آپ پیسہ دیجئے یا نہ دیجئے اس کی یہ رٹ ''ایک پیسہ بابا''، ''ایک پیسہ بابا'' برابر جاری رہتی تھی۔ اس طرح جیسے کہ اس کی سانس اسی آواز کے ساتھ ساتھ آتی جاتی ہے اس طرح کہ دم توڑتا مریض ہر سانس میں کراہتا ہے۔

بہت سے لڑکے، بلکہ ماسٹر تک اسے پہونچا ہوا سمجھتے تھے بڑا ہی اللہ والا، لوگ کہتے وہ دنیا کو چھوڑ چکا ہے اسی کسی چیز کی کوئی ضرورت نہیں۔ وہ تو بھیک اس لئے مانگتا ہے کہ اس طرح وہ اپنے کو دوسروں کی نظروں میں گراتا ہے۔ اس طرح اپنے کو گرانے سے اس کی روح اور بھی پاک صاف ہوتی ہے ان ہی میں

سے حمید بھی تھا۔ وہ بڑا سیدھا سادہ لڑکا تھا۔ جوبلی کی دسویں درجہ میں پڑھتا تھا اور اس کا راستہ اس پل کے نیچے سے تھا۔ وہ برابر ماں سے ضد کر کے فقیر بابا کے لئے پیسہ ہی نہیں طرح طرح کی چیزیں لاتا تھا۔ کبھی مٹھائی، کبھی پھل، کبھی شیرمالیں، کبھی مٹی کی پلیٹ میں پلاؤ، کبھی زردہ آہستہ آہستہ یہ بات درجہ میں پھوٹ نکلتی۔ سبھوں نے مسکوٹ کی۔ یہ فقیر حمید کو خوب بے وقوف بنا رہا ہے۔ کچھ علاج ہونا چاہیئے۔ طے ہوا کہ اسکول کے آس پاس رہنے والے طلباء ہر وقت اس پر نگاہ رکھیں۔ کب سوتا ہے، کب جاگتا ہے، کب ہاتھ منہ دھوتا ہے۔ کب کھاتا پیتا ہے۔ جتنے پیسے روز کماتا ہے انہیں کیا کرتا ہے۔ اب کیا تھا دو ہی چار دن میں رپورٹیں آنے لگیں، پھر کمیٹی، جلسے میں طے ہوا اس رنگے سیار کا بھانڈا پھوڑنا ہمارا فرض ہے۔

دوسرے ہی دن حمید سے کہا گیا تمہارا فقیر بابا جھوٹا، مکار بنا ہوا ہے وہ بہت خفا ہوا لڑنے جھگڑنے لگا۔ کہا گیا ''اچھا! آج اسکول کے میچ بعد گھر نہ جاؤ، ہمارے ساتھ تماشا دیکھو، آٹھ دس لڑکے ایک ساتھ اس شام کو ریل کے پل کے پاس منڈراتے رہے۔ مغرب کی اذان کے ساتھ فقیر کی رٹ میں کمی ہوئی۔ بس جب

کوئی بھولا بھٹکا پل کے نیچے سے گزرتا تو وہ اپنی ہانک لگا دیتا۔ جیسے جیسے اندھیرا بڑھا، آواز لگانے کا فاصلہ بھی بڑھتا رہا۔ کوئی ساڑھے سات بجے تھے کہ بالائی والا آواز دیتا ہوا پل کے نیچے پہنچا۔ اس نے چار بڑی بڑی شیر مالیں اور پاؤ بھر بالا فقیر بابا کو دی اور اس سے اس کے دام ہی نہیں لیئے بلکہ دن کے جمع کیئے ہوئے سارے پیسے نوٹوں میں بدل دیئے۔ جب وہ پل سے نکلا تو لڑکوں نے گھیرا۔ ''کہا یہ روزانہ اتنی ہی مالیں اور بالائی لیتا ہے حمید نے پوچھا اس نے جواب دیا ''میں یہ کچھ نہیں جانتا میاں، صبح دو شیر مالیں اور پاؤ بھر بالائی''

حمید غصہ میں بھرا ہوا فقیر کے پاس پہونچا۔ اس نے پوچھا شرم نہیں آتی تمہیں بابا؟ بھیک مانگتے ہو اور شیر مالیں اور بالائی اڑاتے ہو؟

فقیر نے جھڑک کر کہا جاؤ جاؤ، میرے دھندے پر منہ نہ آؤ، پاؤ سوا پاؤ بالائی روزانہ نہ کھاؤں تو یہ دن بھر ''ایک پیسہ! ایک پیسہ!'' کی ضربیں کیسے لگاؤں؟

حمید اس وقت تو پاؤں پٹختا گھر چلا گیا مگر اس دن سے اس نے اپنے ساتھیوں کا جتھا بنا کر ہر ایک آنے جانے والے سے کہنا شروع کر دیا۔

''اس فقیر کو کچھ نہ دینا، یہ دوسرے بھکاریوں کا پیٹ کاٹتا ہے اور روز سوا پاؤ بالائی کھاتا ہے!''

ادھر چھوٹے بچوں نے نعرہ لگانا شروع کر دیا ''بالائی کھانے والا فقیر! توند والا فقیر!'' لطف یہ کہ جتنا ہی فقیر بابا چڑھتا، خفا ہوتا اتنا ہی لڑکوں کو نعرہ لگانے میں مزہ آتا اور اتنا ہی اس کے بھکاری ساتھی کھی کھی کر کے ہنستے۔ خیرات کے نالے کا منہ اب ان کی طرف مڑ گیا تھا جو بادل صرف فقیر بابا کی گود میں برسا کرتے تھے وہ اب دوسروں کی جھولیوں میں جل تھل بنانے لگے تھے۔

چند ہی دنوں میں فقیر بابا کا دھندہ ٹھنڈا پڑنے لگا۔ اس نے ریل کا پل چھوڑ کر شاہ مینا کے مزار کے پاس جا کر فٹ پاتھ پر بسیرا کر لیا مگر وہاں درخت کی شاخوں کے سوا دھوپ، اوس یا پانی سے بچانے والی کوئی جھونپڑی نہ تھی۔ ایک رات دسمبر کی سردیوں میں بوندا باندھی کے ساتھ جب اولے بھی پڑے تو فقیر بابا کو کہیں پناہ نہ ملی۔ درخت کی شاخیں اسے ٹھنڈی گولیوں کی بوچھار سے نہ بچا سکیں۔ صبح کو وہ اپنی گدڑی میں لپٹا ہوا پایا گیا۔

پولس نے جب اس کے چیتھڑوں کی تلاشی لی تو ان میں آٹھ سو کے بڑے نوٹ اور پچاس روپوں کے چھوٹے نوٹ اور پیسے سے بندھے ملے۔ کون کہے کہ اگر ان روپوں سے کوئی جھونپڑی بنا کر وہ اس میں رہتا تو اس کی جان بچ جاتی۔

جس نے بھی اس کے موت کی ساتھ ساتھ اس کے پاس سے ملنے والی رقم کی بات سنی، اس کی حالت پر افسوس کیا۔

مگر حمید بار بار یہی سوچتا رہا ''آخر حکومت ہر شہر میں ایسے گھر کیوں نہیں بنا سکتی جس میں سارے بھکاری رکھے جا سکیں اور جتنا ان کے دھوکوں اور ان کی بیماریوں سے محفوظ رہے؟''

تمھیں جو اس ملک کے ہونے والے حاکم ہو

اس سوال کا جواب دینا ہے۔

***

ایک پرانی کہانی

قرۃ العین حیدر

لاکھوں برس گزرے۔ آسمان پر شمال کی طرف سفید بادلوں کے پہاڑ کے ایک بڑے غار میں ایک بہت بڑا ریچھ رہا کرتا تھا۔ یہ ریچھ دن بھر پڑا سوتا رہتا اور شام کے وقت اٹھ کر ستاروں کو چھیڑتا اور ان سے شرارتیں کیا کرتا تھا۔ اس کی بد تمیزیوں اور شرارتوں سے آسمان پر بسنے والے تنگ آ گئے تھے۔

کبھی تو وہ کسی ننھے سے ستارے کو گیند کی طرح لڑھکا دیتا اور وہ ستارہ قلابازوں کھاتا دنیا میں آ گرتا یا کبھی وہ انہیں اپنی اصلی جگہ سے ہٹا دیتا۔ اور وہ بے چارے ادھر ادھر بھٹکتے پھرتے۔

آخر ایک دن تنگ آ کر وہ سات ستارے جنھیں سات بہنیں کہتے ہیں۔ چاند کے عقلمند بوڑھے آدمی کے پاس گئے اور ریچھ کی شرارتوں کا ذکر کر کے اس سے مدد چاہی۔

بوڑھا تھوڑی دیر تو سر کھجاتا رہا۔ پھر بولا "اچھا میں اس نامعقول کی خوب مرمت کروں گا۔ تم فکر نہ کرو"۔

ساتوں بہنوں نے اس کا شکریہ ادا کیا۔ اور خوش خوش واپس چلی گئیں۔

دوسرے دن چاند کے بوڑھے نے ریچھ کو اپنے قریب بلا کر خوب ڈانٹا اور کہا کہ "اگر تم زیادہ شرارتیں کرو گے تو تم کو آسمانی بستی سے نکال دیا جائے گا۔ کیا تمہیں معلوم نہیں کہ ان ننھے منے ستاروں کی روشنی سے دنیا میں انسان اور جہاز اپنا اپنا راستہ دیکھتے ہیں لیکن تم انہیں روز کھیل کھیل یں ختم کر دیتے ہو۔ تمہیں یہ بھی معلوم نہیں کہ جب یہ ستارے اپنی اصلی جگہ پر نہیں رہتے تو دنیا کے مسافر اور جہاز رستہ بھول جاتے ہیں۔

میاں ریچھ نے اس کان سنا اور اس کان نکال دیا اور قہقہہ مار کے بولے ''میں نے کیا دنیا کے جہازوں اور مسافروں کی روشنی کا ٹھیکہ لے لیا ہے جو ان کی فکر کروں۔

یہ کہہ کر ریچھ چلا گیا۔ جانے کے بعد بوڑھے نہ بہت دیر سوچا کہ اس شیطان کو کس طرح قابو میں لاؤں۔ یکایک اسے خیال آیا کہ اورین دیو سے مدد لینی چاہیئے۔ اورین دیو ایک طاقتور ستارے کا نام تھا۔ جو اس زمانے میں بہت اچھا شکاری سمجھا جاتا تھا اور اس کی طاقت کی وجہ سے اسے دیو کہتے تھے۔ یہ سوچ کر بوڑھے نے دوسرے دن اورین دیو کو بلا بھیجا۔ اس کے آنے پر بڑی دیر تک دونوں میں کانا پھوسی ہوتی رہی۔ آخر یہ فیصلہ ہوا کہ وہ آج شام ریچھ کو پکڑنے کی کوشش کرے۔ چنانچہ رات گئے اورین دیو نے شیر کی کھال پہنی اور ریچھ کے غار کی طرف چلا۔ جب ریچھ نے ایک بہت بڑے شیر کو اپنی طرف آتے دیکھا تو اس کے اوسان خطا ہو گئے اور وہ ننھے منے ستاروں سے بنی ہوئی اس سڑک پر جو پریوں کے ملک کو جاتی ہے اور جسے ہم کہکشاں کہتے ہیں، بے تحاشا بھاگا۔

آخر بڑی دوڑ دھوپ کے بعد طاقت ور شکاری نے میاں ریچھ کو آلیا اور ان کو پکڑ کر آسمان پر ایک جگہ قید کر دیا۔ جہاں وہ اب تک بندھے کھڑے ہیں۔ اگر تم رات کو قطب ستارے کی طرف دیکھو تو تمہیں اس کے پاس ہی ریچھ بندھا نظر آئے گا۔ جس کو ان سات بہنوں میں سے چار پکڑے کھڑی ہیں باقی تین بہنوں نے اس کی دم پکڑ رکھی ہے۔

اگر تم آسمان پر نظر دوڑاؤ تو تمہیں اورین دیو بھی تیر و کمان لئے ریچھ کی طرف نشانہ لگائے کھڑا نظر آئے گا۔

***

شرارتوں کا ایک دن

قیصر تمکین

معلوم نہیں یہ کس کی شرارت تھی کہ مجھ کو خواہ مخواہ ہی اول نمبر کا شیطان مشہور کر دیا۔ میں خود کبھی کبھی سوچتا کہ کیا میں شریر ہوں۔ جب کچھ سمجھ میں نہ آتا تو ان سب لوگوں کو کسی نہ کسی طرح پریشان ضرور کرتا جو مجھ کو شریر اور شیطان کہتے ہیں۔

میں شیطان تھا یا مجھ کو زبردستی بنا دیا گیا یہ میں کہہ نہیں سکتا پھر بھی صرف ایک دن کے قصے آپ کو سناؤں گا اور آپ خود فیصلہ کیجیے گا کہ میرے ساتھ کتنی ناانصافی ہوئی۔

ہماری چھوٹی خالہ کی طبیعت کچھ خراب تھی اور حکیم صاحب کے مشورے سے ان کے کھانے کے لئے ساگودانہ پکایا گیا تھا۔ نانی اماں نے ساگودانہ کا پیالہ پانی میں ٹھنڈا ہونے کے لئے رکھ دیا۔ میں نے سوچا کہ ایسے تو ٹھنڈا ہونے میں دیر لگے گی ذرا پیالے کو پانی میں چاروں طرف گھمایا جائے تو جلدی ٹھنڈا ہوگا۔ نانی کی نظر جو مجھ پر پڑی تو اس زور سے چلائیں گویا میں کوئی بہت بڑا گناہ کر رہا تھا۔ یہ کیا شرارت ہو رہی ہے۔۔۔'' انہوں نے غصے سے کہا۔

میں نے گھبرا کر ان کی طرف پلٹ کر دیکھا۔ پیالہ میرے ہاتھ سے زور سے پھسل گیا اور پانی میں ڈوب گیا۔ نانی اماں نے وہ شور مچایا کہ معلوم ہوتا تھا قیامت آ گئی ہو۔ میں سارے گھر میں چھپتا پھرا اور آخر چھوٹی خالہ ہی کے پلنگ کے نیچے گھس کر چھپ گیا مجھے نانی اماں پر بڑا غصہ آ رہا تھا۔ پلنگ کے نیچے نظر پڑی تو دیکھا نانی اماں کا بڑا سا پاندان رکھا تھا میں نے ساری الائچیاں نکال کر جیب میں بھر لیں اور کتھے چونے میں ان کے قوام کی شیشی الٹ دی۔ یہ تو میں نے نانی اماں سے بدلہ لیا تھا اب اس میں شرارت کون سی تھی۔۔۔!

جب وہاں کچھ سناٹا ہوا تو میں پلنگ کی پناہ سے نکل کر باہر دیوان خانے تک گیا وہاں ڈاکٹر سود کی نظر مجھ پر پڑ گئی اور بری بری طرح انہوں نے ڈانٹ کر کہا ''بڑی تمہاری شرارتیں بڑھتی جا رہی ہیں۔ اتنی کونین پلاؤں گا کہ طبیعت ہری ہو جائے گی۔۔۔''

ڈاکٹر سود ہر بات پر یہی کہتے تھے ''طبیعت ہری کر دوں گا۔۔۔''

اب بتائیے میں نے ان کا کیا بگاڑا تھا جو ڈاکٹر سود بھی مجھ کو شیطان کہنے لگے مجھ کو اپنی بد قسمتی پر بڑا رونا آیا اور بہت اداسی میں ٹہلتا ہوا باہر باغ میں چلا گیا وہاں آم کے درخت پر خوب مزے دار کھٹ مٹھی کیریاں ہلکی ہوا میں جھول رہی تھیں ہر کیری اس طرح ہل رہی تھی گویا پیار سے مجھ کو اپنی طرف بلا رہی ہو ''مجھ کو کھاؤ۔۔۔''

میں نے سنا تھا (بزرگوں سے) کہ کسی کو دعوت نا منظور نہیں کرنا چاہیے۔ چنانچہ تھوڑی سی سوچ بچار کے بعد ہی میں درخت پر چڑھ گیا اور اپنے کو اچھی طرح پتوں میں چھپا لیا۔ اب میں مزے لے لے کر کیریاں کھا رہا تھا اور جی چاہتا تھا کہ کہیں سے نمک مل جائے تو پھر مزہ آ جائے۔

اتنے ہی میں ڈاکٹر سود وہاں تھوڑی دیر کو رکے اور ماموں جان سے باتیں کرنے لگے انہوں نے نسخہ ایک ہاتھ میں لیا دوسرے ہاتھ سے جیب سے قلم نکالا اور دانتوں سے اس کو کھولا (ابھی کوئی بچہ ایسے دانتوں سے قلم کھولتا تو خوب ڈانٹتے)خیر وہ نسخے میں کچھ لکھنے لگے اور ان کی صاف صاف چندیا ہلکی دھوپ چھاؤں میں بڑے پیارے انداز سے چمکنے لگی۔ تھوڑی دیر میں ماموں جان اندر چلے گئے اور مجھ سے ضبط نہ ہوا تو میں نے ایک کچی پکی امبیا ان کے سر پر زور سے رسید کی۔ نشانہ تو میرا ہمیشہ سے سچا تھا ڈاکٹر صاحب ''اوہ مائی گاڈ۔۔۔'' کہہ کر سر پکڑ کر بیٹھ گئے۔ اب انہوں نے پیچھے مڑ کر دیکھا۔ مجھے ڈر لگا کہ وہ درخت پر مجھ کو نہ دیکھ لیں اس لئے میں نے منمنا کر کہا ''میں تجھ کو کچا کھا جاؤں گی۔۔۔''

ڈاکٹر صاحب بڑے کمزور عقیدے کے آدمی معلوم ہوئے کیونکہ اتنا سنتے ہی وہ اس طرح بھاگے کہ ان کی ہیٹ باغ کے دروازے پر ہی پڑی رہ گئی (میں نے اس میں خوب امبیاں بھریں)

جب میں پیڑ سے اتر کر دیوان خانے میں پہنچا تو وہاں کوئی بھی نہ تھا میں نے سوچا کہ یہیں کہیں چھپ کر سما جاؤں اور دوپہر گزار دوں مگر اتنے ہی میں ٹیلی فون کی گھنٹی بجی اور کوئی صاحب بڑی موٹی آواز میں بولے۔

''ہیلو ڈپٹی صاحب ہیں۔۔۔''

''جی نہیں آپ کون صاحب بول رہے ہیں۔۔۔''میں نے بڑی شرافت سے جواب دیا۔

''اچھا تو دیکھو ہم رام بول رہے ہیں۔''انہوں نے کہا اور میں نے بڑی سنجیدگی سے پوچھا۔''جی ایم رام صاحب بول رہے ہیں، اصل میں میں ایم راج ہی سمجھا تھا۔ وہ پھر بولے۔

''نہیں ایم رام نہیں بھئی۔ رام۔۔۔''

''اچھا بھائی رام جی ہیں۔۔۔ نمستے۔۔۔''

''افوہ بھائی رام نہیں رام۔ رام۔ فقط رام۔۔۔ سمجھے۔۔۔؟

''اچھا۔ فقط رام جی بول رہے ہیں۔۔۔کہئے۔۔۔''

''افوہ تمہاری سمجھ میں ہی نہیں آتا میرا نام ہے میجر رام۔۔۔''

''اچھا منیجر رام صاحب آداب عرض۔۔۔''

''اوہ ڈیم اٹ۔۔۔ تم کون ہو۔'' انہوں نے جھنجھلا کر پوچھا۔

''جی سرکار میں نوکر بول رہا ہوں۔۔۔''

''تم کو کس گدھے نے نوکر رکھا ہے۔۔۔'' انہوں نے بڑے غصے میں رعب جھاڑا۔

''دیکھئے میں آپ کے باپ کا نوکر نہیں ہوں، جو آپ ڈانٹ رہے ہیں۔'' میں نے بڑے غصے میں جواب دیا۔

انہوں نے ٹیلی فون رکھ دیا۔ مجھے ماموں جان آتے دکھائی دیئے اور میں نے وہاں سے کھسک جانا ہی بہتر سمجھا۔ مگر اس میں شرارت کیا تھی۔ میں سچ مچ ان کا نام سمجھ نہیں پایا تھا۔

اب میں باورچی خانے کی طرف جا نکلا جہاں مدو خاں کو کھانا پکا رہا تھا۔ مجھے بھوک لگ رہی تھی اس لئے میں نے اس سے کہا۔ ''ایک بھوکا آیا ہے لاؤ ایک روٹی اس کو دے آؤں۔۔۔''

مگر وہ میری چال میں آنے والا نہیں تھا بولا" کہہ دیجئے آگے بڑھو ابھی کھانا تیار نہیں ہے۔۔۔"

میں کھڑا ہوا کھانوں کی خوشبو سونگھتا رہا۔ وہ ظالم ساری روٹیاں ڈلیا میں ڈھک کر اندر لے گیا اب میری سمجھ میں کچھ نہ آیا تو میں نے مرچ کا ڈبا سالن میں اور نمک کا مرتبان ترکاری میں انڈیل دیا اور وہاں سے چل دیا۔

مجھے معلوم ہو گیا کہ آج میرا کھانا بند کر دیا گیا ہے اس لئے میں پڑوں میں صدیقی صاحب اور ان کی بیوی کسی بات پر فرصت سے لڑ رہے تھے مجھ کو دیکھ کر چپ ہو گئے۔ صدیقی صاحب کی بیوی نے مجھ کو بہلایا پھسلایا۔ میرے سامنے چار لڈو لا کر رکھے اور پوچھنے لگیں کہ "صبح ناشتہ میں کیا پکا تھا۔ اس وقت کھانا کیا پک رہا ہے۔ تمہاری ممی شام کو پارٹی میں جانے کی تیاری کر رہی ہیں کہ نہیں۔"

میں اطمینان سے لڈو کھاتا رہا اور ان کو بتایا کہ "ہمارے یہاں صبح کا ناشتہ بند ہو گیا ہے اس وقت مرچ کا سالن اور نمک ترکاری پکی ہے۔۔۔"

صدیقی صاحب نے بیوی کی طرف دیکھا اور بیوی جھنجھلا کر بولیں "دیکھو کتنا چالاک ہے۔ ایک ہمارے بچے ہیں کہ ہر بات دوسروں کے یہاں جا کر بتا دیتے ہیں بیوقوف کہیں کے۔۔۔"

صدیقی صاحب بولے۔ سب تمہاری تربیت کا اثر ہے۔۔۔" اس پر ان دونوں میں پھر جھگڑا شروع ہو گیا اور میں وہاں سے بھی کھسک گیا۔

میں گھر میں دیوان خانے کی چھت پر چڑھ گیا سمجھ میں نہیں آ رہا تھا کہ کیا کروں اتنے میں بڑے تخت پر مجھ کو قالین رکھا ہوا دکھائی دیا۔ مدو خاں نے قالین دھوپ میں ڈالا تھا اور وہ شاید اب شام ہوتے وقت اس کو اٹھا کر نیچے لے جانے والا تھا۔

میں قالین کے اندر چھپ کر بیٹھ گیا اور سوچنے لگا کہ جد مدو خاں قالین اٹھانے کی کوشش کرے گا تو بڑا مزہ آئے گا۔ دھڑ ادھڑ دو چار کرارے ہاتھ کسی نے موٹے سے رول سے قالین پر جمائے اور جلدی سے درد سے بلبلاتا ہوا قالین میں سے نکلا۔ مدو خاں نے مجھ کو دیکھا تو ہنسی کے مارے اس کے آنسو نکلنے لگے۔

غلطی میری تھی یہ قالین اس نے گرد جھاڑنے کے لئے رکھ دیا تھا اور فرصت پاتے ہی ادھر آ گیا اس کے ہاتھ میں بڑا خوفناک رول تھا جس سے اس نے ٹھکائی

کی تھی۔ اگر موٹا قالین نہ ہوتا تو یقیناً میری ہڈی پسلی ٹوٹ گئی ہوتی۔ میں سسک سسک کر رو رہا تھا اور سب لوگ ہنس رہے تھے بڑے بھائی نے کہا ''مدو خاں کا کیا قصور۔ یہ کیوں یہاں آ کر چھپا۔ ضرور کچھ چھپا کر کھا رہا ہو گا۔''

وہ سب لوگ میرے کان پکڑ کر امی جان کے حضور میں لے گئے۔ وہاں صدیقی صاحب کی بیوی بیٹھی تھیں۔ انہوں نے جو مجھے اس حال میں دیکھا تو چمکار کر بولیں ''کیا ہوا بیٹا کیوں رو رہے ہو۔''

سب نے جلدی جلدی میری شرارتوں کی رپورٹیں دینا شروع کیں۔ گویا کوئی پیچھے رہ گیا تو اسے انعام نہیں مل پائے گا۔ صدیقی صاحب کی بیوی بولیں ''اے نہیں۔ بڑا شرمیلا لڑکا ہے۔ ابھی صبح ہمارے یہاں آیا تھا۔ شرماتا تو اتنا ہے کہ میں نے چار لڈو دیئے وہ بھی اس نے بڑی مشکل سے کھائے۔''

امی جان مارے شرمندگی کے روہانسی سی ہو گئیں اور انہوں نے بڑی خونی نظروں سے میری طرف دیکھا۔ میں ڈر کے مارے کانپ گیا مگر پھر میرا دماغ کام کر گیا اور میں دھڑ سے زمین پر گر پڑا۔ تھوڑی چوٹ تو ضرور لگی مگر پھر ہوا یہ کہ امی جان کا غصہ فوراً ختم ہو گیا۔

خالہ بی بولیں ''اے ہے۔بچارے بچے نے صبح سے کچھ نہیں کھایا اور تم سب لوگ اس کی ناحق شکایتیں کر رہے ہو۔۔۔''

صدیقی صاحب کی بیوی بولیں ''اے ہاں شرارتیں تو سبھی بچے کرتے ہیں ابھی کل ہی ہمارے یہاں گل دان توڑ گیا۔ مگر ہم نے تو کچھ بھی برا نہیں مانا۔ توڑ پھوڑ کس کے بچے نہیں کرتے۔۔۔''

بھائی صاحب اپنی کوششوں میں ہار سے گئے۔ میں نے ایک آنکھ کھول کر چپکے سے دیکھا تو ان کا چہرہ اترا ہوا تھا۔ گویا اگر میری پٹائی نہ ہوئی تو ان کی زندگی بے لطف ہو جائے گی۔ میں نے چپکے سے مدو خاں پر نظر ڈالی تو اس کی بڑی بڑی موچھیں دیکھ کر مجھے اس کے وہ پہلوانوں کے سے کرارے ہاتھ یاد آ گئے جو اس نے قالین پر جمائے تھے۔ میری پیٹھ میں اچانک درد ہونے لگا اور میں زور سے کراہا۔ اس دردناک کراہ سے امی جان کا بھی دل ہل گیا انہوں نے جلدی سے اٹھ کر میرے ماتھے پر ہاتھ رکھا۔ یہ دیکھ کر تو سب تماشائی ایک ایک کر کے وہاں سے کھسک لئے۔

اتنی ہی دیر میں ابو آ گئے۔ وہ دن بھر کی ساری رپورٹ سن چکے تھے تھوڑا غصہ تو یوں بھی تھا امی کو میری تیمارداری کرتے دیکھا تو ان کا غصہ اور بھی بڑھ گیا، بولے ''تم اس شیطان کی نازبرداری کر رہی ہو۔''

امی جان بولیں ''نہیں بچہ ہے۔ شرارت بھی کرتے ہیں۔ اس وقت تو سچ مچ بڑی زور سے غش کھا کر گرا۔

ابو بولے ''بس تمہارے اسی لاڈ پیار سے تو سب بچے خراب ہو رہے ہیں۔''

امی بولیں ''میں نے نہیں، آپ کی ہر وقت کی ڈانٹ پھٹکار نے سب کو بے غیرت بنا دیا ہے۔''

ابو بولے ''ہاں تو میں بچوں کو خراب کر رہا ہوں اور تم تو ہیرا بنا رہی ہو۔ اصل میں تم ہی نے سب کو چوپٹ کیا ہے۔''

میں نے کہیں مولوی صاحب سے سنا تھا کہ جب دو آدمی لڑیں تو تیسرے آدمی کو ایمانداری سے دونوں کا قصور ثابت کر کے صلح کرانا چاہیئے۔

میں نے جلدی اٹھ کر امی اور ابو میں صلح کرنے کے لئے کہا ''اب ہٹائیے جانے بھی دیجئے۔ اصل میں آپ دونوں نے ہی سب بچوں کو خراب کیا ہے۔

اس کے بعد کیا ہوا۔ یہ میں نہیں بتاؤں گا۔ آپ خود ہی سمجھ لیجئے کہ بچپن کا وہی دن مجھ کو کیوں اب تک یاد ہے۔

★★★

سبز پری

کرشن چندر

میرے بچے کی پانچویں سالگرہ تھی۔

ماں نے اسے نئے کپڑے پہنائے۔ دوستوں نے تحفے پیش کیے۔ دوسرے گھروں سے اور بھی بچے آئے تھے۔ میرا بچہ دن بھر ان سے کھیلتا رہا۔ آم کھا کر اپنے کپڑے میلا کرتا رہا۔ جامن اور چیکو کے درختوں پر چڑھنے کی کوشش کرتا رہا اور جب اس کے سارے دوست چلے گئے اور وہ بالکل تھک گیا تو سونے کے لئے میری گود میں آ بیٹھا۔

بچے نے پوچھا ''آج ماں نے دن بھر پیار کیا۔ ایک بار بھی نہیں ڈانٹا، کیا بات ہے؟''

میں نے کہا ''آج تمہاری سالگرہ ہے۔''

وہ بولا ''تو پھر یہ سالگرہ ہر روز کیوں نہیں آتی؟''

میں نے کہا ہر روز کیسے ہوگی۔ آج نیا سال ہے۔ تمہاری زندگی کا پانچواں سال ہے۔''

بچہ چپ ہوگیا۔ وہ کچھ سوچ رہا تھا۔ تھوڑی دیر بعد بولا۔ ''آج نیا سال آیا ہے تو۔ تو پھر میرا پچھلا سال کدھر گیا؟ سال کی خوشی میں پچھلے سال کی یاد کیسے آئی ہے۔ نئے دوست کے ملنے پر کون پرانے دوست کو یاد کرتا ہے۔ یہ تو دنیا کا دستور ہے۔

سوال اتنا عجیب تھا کہ میں بالکل چکرا گیا۔ میں نے اپنی اور اپنے دستوں کی اتنی سالگرہیں منائیں لیکن کسی کو یہ خیال نہ آیا کہ پچھلے سال کہاں جاتا ہے؟؟۔

لیکن بچوں کا دستور دوسرا ہوتا ہے۔

اس لیے بچے نے پھر مجھ سے پوچھا ''بتاؤ نا پچھلا سال کہاں گیا؟''

میں کیا بتاتا اسے۔ پانچ سال کے ننھے کو وقت کی گردش سمجھاتا۔ اس لیے میں نے خود ہی اس سے پوچھ لیا، کیونکہ جب میں اپنے بچے کے کسی سوال کو خود نہ بتا سکوں تو خود اس سے ہی پوچھ لیا کرتا ہوں۔ ''تم خود بتاؤ ننھے۔ پچھلا سال کہاں گیا۔''

ننھے کے چہرے پر مسکراہٹ آگئی۔ وہ بہت دیر تک مسکراتا رہا۔ آپ ہی آپ۔ میں نے دیکھا، اس کی پلکوں پہ نیند جھکی ہوئی ہے اور وہ کہیں بہت دور دیکھ رہا ہے۔

تھوڑی دیر کے بعد وہ مجھے سمجھاتے ہوئے بولا ''دیکھو وہ جامن کا پیڑ ہے نا جو ناریل کے درخت کے پاس ہے۔''

''ہاں''، ''وہ کنویں والا ناریل نہیں۔ آم کے پیڑ کے پاس جو ناریل کا درخت ہے۔''

''ہاں''، بس اس جامن کے درخت کے اوپر چڑھتے جاؤ۔''

''ہاں''، اوپر ہی اوپر اور اوپر۔''

''ہاں۔''، ''اوراوپر جہاں آسمان کی چھت ہے نا، وہاں تک جامن کا پیڑ جاتا ہے۔''

''اچھا۔''، ''ہاں، اس کے اوپر پچھلا سال رہتا ہے۔''

''ارے واہ۔ یہ نئی بات سنائی تم نے۔ تم کیا جامن کے پیڑ پر چڑھے تھے؟''

بچے نے بڑی اداسی سے کہا ''نہیں، پیڑ بہت اونچا ہے۔ میں چڑھ نہیں سکا۔ مگر جانتا ہوں، وہ وہیں ہوگا۔ اونچا اونچا اوراونچا۔ سب سے اونچی جگہ پر۔''

پھر بچے کی پلکیں جھک گئی اور میری گود میں سو گیا۔ اور میں اپنے سوئے ہوئے بچے کو اپنی گود میں لیے لیے سو گیا۔

تھوڑی دیر کے بعد مجھے کسی نے کندھے سے ہلا کر جگایا۔ میں نے آنکھیں کھول کر دیکھا۔ ایک آدمی خوشنما لباس پہنے سر پر ہیروں کا تاج رکھے میری طرف مسکرا رہا تھا۔

میں نے پوچھا ''تم کون ہو؟''

وہ بولا ''یاد کرو، اتنی جلدی بھول گئے؟''

میں نے کہا ''میں نے تم کو کبھی نہیں دیکھا بھائی۔''

وہ بولا ''میں تمہارا چوتھا سال ہوں۔''

میں جلدی سے گھبرا کر اٹھ بیٹھا۔ اس نے میرا ہاتھ پکڑلیا۔ اس کے ہاتھ پکڑتے ہی مجھے ایسا محسوس ہوا جیسے میرے چاروں طرف گھرا جنگل ہے چیل اور دیودار کے درخت ہوا کے جھونکوں سے سائیں سائیں کر رہے ہیں اور میں ایک سبز پیلے رنگ والی تیتری کا پیچھا کرتے ہوئے اپنے چھوٹے ہاتھ پاؤں ہلاتا تیزی سے ایک طرف بھاگ رہا ہوں۔ موڑ پر سے گزر کر اس کی طرف بھاگا۔ اب تیتری میرے بالکل قریب تھی۔ میں نے ہاتھ پھیلا کر جھٹکا مارا۔ مگر تیتری آگے اترتی چلی گئی اور ایک جھاڑی کے نیلے نیلے پھولوں پر ڈولنے لگی۔ پھر وہ اس کے پتوں میں چھپ گئی اس کے پروں کا سبز رنگ پتوں سے مل گیا۔ مگر اس کی پیلی دھاریاں مجھ سے کیسے چھپتیں؟ میں نے آہستہ سے ہولے ہولے گھٹنوں کے بل چل کے عین اس وقت جب تیتری ایک نیلے پھول کو سونگھ رہی تھی، اپنا رومال اس پر رکھ دیا اور پھر اسے قید کر کے اپنی مٹھی کے خول میں رکھ لیا۔

تیتری کے پر ڈر کے مارے کانپنے لگے اور میں نے دیکھا کہ جنگل کے سارے درخت ایک دوسرے کے قریب ہوتے جا رہے ہیں تنے سے تنے ملتے جا رہے

ہیں اور تنوں کے پیچھے خوفناک آنکھیں سبز اور سیاہ اور سرخ رنگ کی آنکھیں چمک رہی ہیں اور میں ڈر کے مارے کانپ گیا۔ میں نے ادھر ادھر دیکھا اور اپنے چاروں طرف سیاہ جنگل کو پایا۔ اب مجھے معلوم ہوا کہ تیتری کے پیچھے بھاگتے ہوئے چلا تو میں اپنے باغ سے تھا لیکن بھاگتے بھاگتے جنگل میں آ گیا۔

میں چلا کر کہا ''ماں !ماں۔''

جنگل کے درختوں نے ہنس کر کہا ''ہاہاہا۔''

''ماں ماں ماں۔'' میں اور بھی زور سے چلایا۔

''ہاہاہا۔ جنگل کے درخت اور بھی زور سے ہنسے۔''

''جاؤ تم کتنے بھی زور سے ہنسو۔'' میں نے غصہ میں درختوں سے کہا ''ہم خود اپنا راستہ ڈھونڈ لیں گے۔''

لیکن درخت بالکل ایک دوسرے کے قریب آ گئے۔ تنے سے تنے لگ گئے۔ جھکی ہوئی ڈالیاں چھڑیاں بن گئیں اور راستہ تنگ سے اور تنگ اور چھوٹے سے اور چھوٹا ہوتا گیا۔ آخر کار ایک جگہ بنفشہ کے پھولوں کی ایک بہت بڑی باڑ نظر آئی۔ یہاں آ کر راستہ بالکل بند ہو گیا۔

میں نے ادھر ادھر دیکھا۔ زمین سے آسمان تک بنفشہ کے پھولوں کی دیوار تھی۔

''ماں ماں۔'' پھول زور سے کھل کھلا کے ہنسنے لگے۔

اتنے میں ایک بڑی خوبصورت پری آئی۔ اس کا لباس ایسا تھا جیسے بنفشہ کے پھولوں سے تیار کیا گیا ہو۔ اس کے دائیں ہاتھ میں نیلیے پھولوں کی ایک چھڑی تھی جس کے سرے پر بنفشہ کا ایک پھول تھا جو بالکل لال رنگ کے یاقوت کی طرح چمکتا تھا۔ اس نے میرے کندھے پر ہاتھ رکھ دیا اور بولی۔ ''بچے تم کیوں رو رہے ہو؟''

میں نے کہا ''میں ماں کے پاس جانا چاہتا ہوں۔''

پری بولی ''تمہاری ماں کہاں ہے؟''

''وہ جنگل کے اس پار ہے۔''

وہ بولی ''تو چلے چلو تمہیں کون روکتا ہے؟''

میں نے کہا ''ادھر دیوار ہے۔ ادھر درخت۔ راستہ نہیں دیتے۔ جاؤں کیسے؟''

اس نے میرے ہاتھ میں تیتری دیکھ لیا۔ بولی ''یہ کیا ہے؟''

میں نے کہا ''اوہو، اسے مت چھوؤ۔ یہ میری تیتری ہے۔''

''تم اسے لے کر کیا کرو گے؟''

میں نے کہا ''میں اس کے پر اتار کر اپنا تصویروں والی کتاب میں رکھوں گا۔''

وہ بولی ''پر اتارو گے تو یہ مر جائے گی۔''

''مر جائے۔''

وہ بولی ''تو پھر اس کی ماں روئے گی۔''

میں نے کہا ''اس کی ماں روئے گی۔''

''ہاں۔'' میں نے پوچھا ''اس کی ماں کون ہے؟''

پری تھوڑی دیر چپ رہنے کے بعد بولی ''میں اس کی ماں ہوں۔''

میں دیر تک چپ رہا۔ تیتری کے پر بڑے خوبصورت تھے۔ میں نے اسے بڑی مشکل سے پکڑا تھا۔ لیکن پری کی نیلی آنکھوں میں آنسو تھے۔ ایسے آنسو جیسے کبھی کبھی میری ماں کی آنکھوں میں ہوتے تھے۔ میں نے چپکے سے تیتر پری کی گود میں ڈال دی اپنا سر جھکا دیا۔

پری مسکرانے لگی اور پھر میں نے دیکھا۔ وہ تیتری ایک چھوٹی سی پری بن گئی جس کا لباس سبز رنگ کا تھا۔ گال پیلے پیلے تھے۔ وہ میرا ہاتھ پکڑ کر کہنے لگی ''تم

مجھے بڑے اچھے لگتے ہو۔ میں تو تم سے کھیلنا چاہتی تھی لیکن تم تو مجھے جان سے مار رہے تھے۔''

میں نے کہا۔ ''اب تمہیں کچھ نہیں کہوں گا۔ تم میرے باغ میں آ کے مجھ سے کھیلا کرنا۔ مجھے معلوم نہیں تھا تم پری ہو۔''

پری کی ماں نے کہا ''بیٹا سب تیتریاں پریاں ہی ہوتی ہیں جو بچوں سے کھیلنے کے لئے گاؤں اور باغوں میں جاتی ہیں۔''

''اچھا۔'' ''ہاں آؤ، اب تمہیں گھر کا راستہ بتاؤں۔ نہیں تو تمہاری ماں روتے روتے مر جائے گی۔''

پھر پری نے پھولوں کی چھڑی سے اشارہ کیا اور درخت راستہ دینے لگے اور تنے سے تنے الگ ہوتے گئے اور ڈالیوں کی چھڑیاں اونچا ہوتی گئیں اور آسمان نظر آ گیا۔ اور پھر جنگل کا کنارہ بھی آ گیا اور میں نے دیکھا کہ میری ماں اور میرا باپ دو ملازم ساتھ لیے مجھے ڈھونڈ رہے ہیں اور ماں بار بار پلو سے اپنے آنسو پونچھتی جاتی ہے۔

میں نے چلا کر کہا ''ماں میں یہاں ہوں۔ یہ دیکھو میرے ساتھ ایک پری بھی ہے۔''

میں نے مڑ کر دیکھا۔ دونوں پریاں غائب تھیں۔ وہاں دور جنگل کی طرف ایک بنفشی رنگ کی تیتری کے ساتھ ایک سبز اور نیلے رنگ کی تیتری بھاگی جا رہی تھی۔

یکایک خوشنما لباس اور ہیروں کا تاج پہنے ہوئے آدمی نے میرا ہاتھ چھوڑ دیا اور میری نظروں سے دور جنگل میں غائب ہو گیا۔ اس آدمی کے چہرے پر ایک جگمگ جگمگ کرتی مسکراہٹ آئی اور اس نے مجھ سے پوچھا۔ ''یاد رہے۔''

میں نے مسکرا کر کہا۔ ''ہاں یاد ہے تم میرا چوتھا سال ہو۔ مگر تم کہاں چلے گئے تھے!''

وہ مجھ سے اور دور ہو گیا۔ بولا ''سات سمندر پار ایک جزیرہ ہے اسے یادوں کا جزیرہ کہتے ہیں۔ میں وہاں رہتا ہوں۔ طوفانی لہروں پر بچے کبھی کبھی کاغذ کے ناؤ کھیتے ہوئے آ جاتے ہیں تو بڑی چہل پہل ہوتی ہے۔ ورنہ وہاں ہر وقت نیند چھائی رہتی ہے۔''

میں نے کہا ''مگر میرا بچہ تو کہتا ہے کہ تم جامن کے پیڑ کے اوپر رہتے ہو۔''

وہ بولا ''کبھی جامن کے پیڑ کے اوپر اور کبھی املی کے درخت کے نیچے۔ کبھی کھیت کے کنارے، کبھی کسی گلی کے نکڑ پر۔ جہاں جہاں بچے ہمیں بلاتے ہیں پہنچ جاتے ہیں۔ کیونکہ وہ بچے ہیں، بڑے نہیں ہیں۔ بڑوں کے لئے تو پرانا سال مرجاتا ہے اور نیا سال جنم لیتا ہے۔ لیکن بچے ہمیں ہمیشہ زندہ رکھتے ہیں۔ آدمی مرجاتے ہیں لیکن سال ہمیشہ زندہ رہتے ہیں۔''

وہ اتنی بات کہتے کہتے مجھ سے دور ہو گیا۔ برآمدے کی سیڑھیاں اتر کے باغ میں چلا گیا اور اپنے چاروں طرف دھیمی دھیمی مدھم مدھم جگنوؤں کی روشنی پھیلاتا گیا۔

میں نے چلا کے اس سے کہا ''سنو، ایک بات بتاؤ۔ وہ سبز اور پیلے رنگوں والی پری اب کہاں ہے؟''

وہ ہنسا اور جامن کے درخت کے اوپر چڑھتا گیا۔ ہنستا گیا اور چڑھتا گیا۔ اونچا اور اونچا۔ جامن کا پیڑ آسمان سے جا لگا اور آسمان کی چھت میں غائب ہو گیا۔

یکایک میری آنکھ کھل گئی۔ میں دیکھا، میں آرام کرسی پر ہوں اور میرا بچہ خواب میں کسی کو دیکھ کر مسکرا رہا ہے۔

***

بارش

واجدہ تبسم

جاڑوں کے دن تھے۔۔۔ چنو میاں چھٹیوں کے ایک نہ دو پورے پندرہ دن خالہ بیگم کے ہاں گزار کر آئے تو بس پوچھئے نہیں کیا حالت تھی۔ ہر بات میں خالہ بیگم کے گاؤں کا ذکر۔

''اجی جناب۔۔۔ آپ نے دیکھا ہی کیا ہے۔ گاؤں میں تو ہم نے وہ دیکھا جو آپ عمر بھر کہیں نہ دیکھ سکیں۔''

بات پیچھے ان کا یہی کہنا تھا بس۔۔۔ قسم اللہ کی طبیعت بیزار ہو گئی ان کی شیخی سے۔ مگر ہم بھی کسی سے کیا کم تھے؟ ان کی ہر بات کو اس مزے سے کاٹ دیئے کہ بس وہ بے چارے مونہہ تکتے ہی رہ جاتے۔ ہم دل ہی میں خوب ہنستے کے اچھا الو بنایا۔

مگر ایک دن بڑی مصیبت ہو گئی۔۔۔ چنو بھائی ایک سال گاؤں میں کھائے ہوئے کھانوں کے ذکر خیر پر تل گئے۔۔۔ طرح طرح کے کھانوں کے نام لئے جا رہے تھے اور ہم بڑی بے چارگی سے بیٹھے سنے جا رہے تھے ایک دم بے بی نے مجھے ٹھوکا دیا۔

''تو بولتی کیوں نہیں ری۔۔۔ تجھے تو ایک سے ایک بڑھیا کھانے پکانے آتے ہیں نا۔۔۔''

یہ بات تو سچ تھی کہ مجھے ایک سے ایک بڑھیا کھانے پکانے آتے تھے، مگر چنو بھائی اپنی ریل گاڑی (میرا مطلب ہے باتوں اور گپوں کی ریل گاڑی) روکتے تب ہی کہتی نا۔۔۔؟ مگر وہ تو فل اسپیڈ پر چلے جا رہے تھے۔

''اور جی سنا آپ نے خالہ بیگم کے ہاں ہم نے بوٹ پلاؤ بھی کھایا۔۔۔ اس مزے کا کہ بس پوچھئے نا۔۔۔''

بے بی نے اور میں نے ذرا حیران ہو کر ایک دوسرے کی طرف دیکھا پھر بھی ذرا جل کر بولی۔

''کیا کھایا تھا۔۔۔؟''

''بوٹ پلاؤ۔۔۔ بوٹ پلاؤ۔۔۔ سمجھیں۔۔۔؟ اور کبھی تم نے کھایا بھی ہے۔۔۔ ارے صاحب بوٹ پلاؤ تو بس کچھ یاسمین کو ہی پکانا آتا ہے۔ آپ کیا جھک ماریں گی بھلا۔''

میں سر سے پاؤں تک پوری کی پوری جل گئی۔۔۔ اِی۔ اِی کر کے زبان چڑا کر بولی ''مونہہ بڑے آئے یاسمین کے سگے۔ ایک سالن تو ڈھنگ کا نہیں پکاتی۔ خواہ مخواہ تعریف کر رہے ہیں کہ ہم جلیں۔ مگر یاد رکھئے ہم نہیں جلنے والے۔ ہم کون اس سے کم ہیں!''

چنو بھائی سنجیدہ ہو کر بولے ''اللہ قسم بھئی ایسے بڑھیا کھانے پکانے لگی ہے کہ تم کھاؤ تو بس انگلیاں چاٹتی رہ جاؤ۔۔۔ اور قسم ہے وہ بوٹ پلاؤ تو ایسا لذیذ تھا کہ

آج بھی یاد آتا ہے تو جی چاہتا ہے کہ اڑ کر گاؤں پہنچ جاؤں ۔ میں چڑ کر بولی۔

''موئے نا اصل پلاؤ کے لئے مکھیوں کی طرح اڑنا چاہ رہے ہو۔۔۔چھی۔۔۔!''

اس بات پر چنو بھائی بری طرح جل گئے۔۔۔ بولے۔

ایسی ہی بڑی پکانے والی بی بی ہے تو پھر مجھے کھلاتی کیوں نہیں؟''

اب تو مجھے بھی تاؤ آگیا بھنک کر بولی اور کیا سمجھتے ہیں آپ۔۔۔ لیجئے آج شام کو ہی کھائیے۔''

''ہاں۔'' وہ خوش ہو کر بولے۔ ''آج کل بوٹ کا سیزن بھی تو ہے۔''

میں نے ان کی طرف کچھ حیرت سے دیکھا۔ مونہہ۔ بوٹ کا سیزن! بوٹ کا سیزن کیا بات ہوئی بھلا؟ سارا سال ہی بوٹ پہنے جاتے ہیں۔ کچھ ایسا تو ہے نہیں کہ لوگ جاڑوں میں بوٹ پہنتے ہوں اور گرمیوں میں اٹھا کر رکھ دیتے ہوں پاگل ہیں چنو بھائی بھی اور جناب میں نے کل بالکل طے کر لیا کہ بس اب شام کی تیاری ابھی سے شروع!! چنو بھائی جاتے جاتے بول گئے۔

''مگر دیکھو بھئی ہرا بوٹ ہونا چاہیئے۔۔۔ پیلے اور سوکھے مارے بوٹ کا پلاؤ اچھا نہیں بن سکتا۔''

اے لو۔ یہ نئی مصیبت سر تھوپ گئے۔ اب ہم برا بوٹ کس کا ڈھونڈتے پھریں۔۔۔؟ پہلی بات تو بوٹ چرا کر پلاؤ پکانا ہی خطرے سے خالی نہ تھا، اوپر سے بوٹ بھی ہرا۔۔۔! ہونہہ۔۔۔ خیر صاحب۔ وہاں سے اٹھے تو ایک ایک کے کمروں میں گھومتے پھرے۔ بھائی کے بوٹ تو بہت بڑے بڑے تھے۔ اتنے بڑے بوٹ کا پلاؤ تو ساری برات کو کافی ہو جاتا، ہمیں تو ذرا پکانا تھا بس۔ ابا جان کے بوٹ تو اس سے بھی کچھ سوا تھے۔ کچھ سمجھ میں نہیں آرہا تھا کہ کریں تو کیا کریں۔ دو تو بج ہی چکے تھے اور پھر چنو بھائی ندیدے تو شام کے سات بجے ہی کھانے پر پل پڑتے تھے۔۔۔ بھئی پانچ گھنٹے میں آخر کیا ہو سکتا تھا۔۔۔؟ جلدی جلدی تلاش شروع کر دی اور جناب منزل تک پہونچ ہی گئے۔

بقر عید میں بہت کم دن رہ گئے تھے نا۔۔۔ اس لئے ابا جان سبھوں کے لئے جوتے لے آئے تھے۔ ببلو کے کمرے میں ایک بہت خوبصورت مخملیں ہرا بوٹ رکھا ہوا تھا۔ نرم نرم اور بہت اچھا یقیناً اس کا پلاؤ بے حد لذیذ بنے گا۔۔۔ اور جناب ہم سب کچھ طے کر کے وہ بوٹ اپنے کمرے میں اٹھا لائے۔ پہلے تو اتنا پیارا بوٹ کاٹتے ہوئے بہت دل دکھا، مگر پھر سوال یاسمین کا تھا۔ ورنہ چنو

بھائی تو صاف کہہ جاتے کہ "ہونہہ پکانا ہی نہ آتا ہوگا، چپ بہانے تھے کہ بوٹ کاٹنے کو جی نہ چاہا۔"

لیجئے بسم اللہ کہہ کر کاٹ ہی دیا۔ بھائی صاحب کے شیونگ بکس سے تیز ریزر تو پہلے ہی حاصل کر لیا تھا، جلدی جلدی دونوں بوٹ کے ٹکڑے ٹکڑے کر ڈالے۔۔۔!

نصیبن بوا کو آتے ہی مرچ مصالحہ تیار رکھنے کو کہہ دیا تھا۔ وہ کب کا سارا سامان رکھ کر اپنے گھر جا چکی تھیں۔۔۔ باورچی خانے میں ہو کا عالم تھا۔ بس اپنا ہی راج تھا۔ میں، بے بی، افروز، شہنو، سب کے سب باورچی خانے پر پل پڑے۔۔۔ تھوڑی ہی دیر میں وہاں بڑی گہما گہمی نظر آنے لگی۔ افروز چاول دھونے بیٹھ گئی۔۔۔ شہنو گھی، تیل مصالحے لا لا کر مجھے دینے لگی۔۔۔ پلاؤ بڑے زور شور سے پکنے لگا۔

بھئی ایمان کی بات تو یہ ہے کہ گھر پر بھی اور اسکول میں بھی، بارہا ہم نے پکوان پکائے تھے، مگر جہاں تک بوٹ کا پلاؤ پکانے کی بات تھی، وہ ہم آج پہلی دفعہ ہی پکا رہے تھے، اس لئے ذرا گھبراہٹ بھی طاری تھی اور ستم یہ کہ ابھی ابھی

نامراد چنو بھائی کہہ گئے تھے کہ چوں کہ بوٹ پلاؤ بار بار نہیں پکتا اور کھانے لائق چیز بھی ہے، اس لئے انہوں نے اپنے دو چار دوستوں کو بھی بلوالیا ہے۔!!

''ہے ہے مر گئے۔'' میں جگر تھام کر چلائی۔

''ہوا کیا؟'' سب دوڑی دوڑی آئیں۔

''بھئی اللہ ہم نے تو بس ایک سیر چاول لئے تھے۔ انہوں نے تو اپنے چٹورے دوستوں کو دعوت دے ڈالی ہے۔ وہ تو سارا کا سارا پلاؤ پار کر جائیں گے اور پھر بوٹ تو ایک ہی کاٹا تھا ہم نے!!''

بڑی دیر بعد فیصلہ ہوا کہ ہرا بوٹ نہیں تو نہ سہی، پیلا یا سوکھا مارا ہی کسی کا اٹھا لے آئیں۔ پھر سے جناب ہم سب لڑکیاں کمروں کی طرف دوڑیں۔ ایک سے ایک سڑیل بوٹ دیکھنے میں آرہا تھا۔۔۔ کسی کے تلے گھسے ہوئے۔ کسا کا اوپر کا حصہ غائب۔۔۔ کسی کی ایڑی ہی سرے سے ندارد تھی تو کوئی عین مین پھاڑ کر جمائی لیتا نظر آرہا تھا۔۔۔ بڑی دیر کی تلاش کے بعد چنو بھائی کا ہی ایک بوٹ چنا گیا۔ اچھا نیا نیا بوٹ تھا بد نصیب۔۔۔ اور غالباً وہ بھی عید کی تیاری میں خرید اگیا تھا۔

بڑی مشکل سے اس کے ٹکڑے کیئے گیئے اور پوری پلٹن پھر سے باورچی خانے میں داخل ہوگیئ۔ میں چونکہ سب میں بڑی تھی۔ (بڑی بھی تھی تو یہی ساڑھے سات آٹھ سال کی!) اس لیئے سارے کام میری نگرانی اور میری ذمہ داری پر طے ہورہے تھے۔۔۔ اور اپنے اس اعزاز پانے پر میں بے حد خوش تھی اور خواہ مخواہ ہر ایک کو ڈانٹ ڈپٹ کر رہی تھی۔

بہر حال جناب میں نے بوٹ کے ٹکڑے ایک برتن میں صاف پانی لے کر خوب دھوئے اور پہلے انہیں الگ سے تلا۔ اب بار دیکھتی ہوں کم بخت ذرا بھی گلتے۔۔۔ خیر ہم نے سمجھ لیا کہ چاولوں کو جب دم پر رکھیں گے تب بھاپ میں یہ بھی گل جائیں گے۔۔۔ ایک بار ایسے ہی تو سبزی پلاؤ پکاتے میں گاجریں ذرا کچی رہ گیئ تھیں، کہ پھر چاولوں کے ساتھ بھاپ میں گل گیئ تھیں۔۔۔!

بوٹ پلاؤ کے ساتھ کھانے کو میں نے دہی کا اہتمام بھی کرلیا۔ کیوں کہ آپ جانیں پلاؤ تو بغیر دہی کے بالکل ہی بے مزہ اور بے کار چیز بن جاتا ہے۔ اب جناب ایک بڑے سے کٹورے میں گھی، لونگ، سیاہ مرچ اور الائچی ڈال کر چاول بگھار دیئے۔۔۔ مصالحہ بھی جھونک دیا اور جب چاول گلنے پر آ گیئے اور

دم پہ رکھنے کی نوبت آگئی تو بوٹ کے تلے ہوئے ٹکڑے بھی اس میں ڈال دیئے۔!

''واہ واہ جی۔'' زینو دور سے ہی خوشبو سن کر دوڑی آئی ''کیا خوشبودار پلاؤ پکایا ہے کہ قسم اللہ میری تو طبیعت ابھی سے کھانے کو چاہنے لگی۔

چنو بھائی ادھر سے گزرے تو انہوں نے بھی یہی بات دہرائی اب جناب ہماری خوشی کا ٹھکانہ نہ تھا۔۔۔چوں کہ سارے کام ہماری 'لیڈرشپ'' میں ہو رہے تھے اس لیئے دستر خوان بچھوانے کا اہتمام بھی ہم نے کروایا۔ ہمارے سگھڑاپے پر چوں کہ میٹھا ہونے سے حرف آتا تھا، اس لیئے ہم نے جھٹ پٹ نعمت خانے کا رخ کیا اور پنکی کے پینے کے لیئے جو دن بھر کا دودھ رکھا تھا، اس کو اٹھا کر کھیر بنا دی۔!

اصولاً کھانا سات بجے تیار ملنا چاہیئے تھا، مگر پھر بھی ہم ذرا نا سمجھ لوگ تھے اور کام بہت بڑا تھا، اس لیئے اچھے خاصے آٹھ ساڑھے آٹھ بج گئے اور ایک سرے سے سارے گھر والے ہی بھوک چلانے لگے۔ چلیئے بھئی ہم نے کسی نہ

کسی طرح جلدی دستر خوان لگایا۔۔۔ بڑے سلیقے سے کھانا چنا اور سب مہمانوں کو کھانے کے کمرے میں چلنے کی ''دعوت دی''

اس وقت خواہ مخواہ اپنی بڑائی کا احساس ہو رہا تھا کہ اتنے سارے لوگوں کا کھانا مجھ اکیلی نے پکایا ہے اور میں اس امید میں سب کے سامنے کھڑی تھی کہ جیسے ہی نوالے مونہہ میں پڑیں اک دم تعریف کا شور مچ جائے۔ چنو بھائی اپنے دوستوں کے ساتھ کمرے میں داخل ہوتے ہوئے فرما رہے تھے۔

''بھئی آج ہماری بہن نے خاص طور سے ہمارے لئے بوٹ پلاؤ پکایا ہے۔''

''تب تو ٹھاٹ ہیں اپنے۔'' ان کے ندیدے دوست کورس میں بولے اور سب ہاتھ دھو کر دستر خوان کھول کر بیٹھ گئے۔ مگر ابھی چنو بھائی نے پلیٹ میں پلاؤ لے کر پہلا نوالہ مونہہ میں ڈالا ہی تھا کہ وہ جھک کر غور سے پلیٹ کو دیکھنے لگے۔

''یہ کیا پکا دیا ہے۔۔۔'' وہ ذرا الجھ کر بولے۔ میں خوشی خوشی ذرا آگے بڑھ کر بولی ''بوٹ پلاؤ۔۔۔ کیوں اچھا ہے نا۔''

وہ ذرا شرمندگی سے اپنے دوستوں کو دیکھتے ہوئے بولے۔

''تھو تھو۔۔۔ ایسا لگ رہا ہے مجھے مرا ہوا چوہا کھا رہا ہوں۔''

مجھے تن تنا کر غصہ آگیا ''کتنی بار آپ نے مرے ہوئے چوہے کھائے تھے جو ان کا مزہ بھی معلوم ہے؟ اتنی محنت سے تو سارا دن لگا کر بوٹ پکایا اور ذرا دل نہیں رکھنا جانتے۔''

اب تک سب اپنی اپنی پلیٹوں میں پلاؤ لے چکے تھے اور ہر شخص ''ریسرچ'' کرتا نظر آرہا تھا، یعنی ہر ایک کی نگاہیں اپنی اپنی پلیٹ پر جمی ہوئی تھیں۔

''یہ ہرا ہرا کیا چمک رہا ہے بھئی اس میں''کوئی بد تمیز دوست بولا۔

میرا پارہ چڑگیا۔ ''چنو بھائی نے تو کہا تھا کہ بوٹ ہرا ہونا چاہیئے۔۔۔ اسی لئے تو میں نے خاص طور سے ببلو کا ہرا بوٹ کاٹ کر پلاؤ پکایا ہے۔''

''ببلو کا ہرا بوٹ۔۔۔''چنو بھائی زور سے چلائے۔۔۔!

''اس میں اتنا چلانے کی کیا بات ہے۔۔۔؟ ہاں کمی آنے لگی تو آپ کا بوٹ بھی ڈال دیا۔۔۔ آپ کے دوست آرہے تھے نا۔۔۔؟''

''میرا بوٹ۔۔۔ ارے باپ رے مرگیا۔ پورے سولہ روپے آٹھ آنے کا اپنی جیب خرچ میں سے خریدا تھا رے اللہ۔۔۔''ایسا کہہ کر چنو بھائی دیوانہ وار اپنے

کمرے کو بھاگے اور تھوڑی ہی دیر میں واپس آ گئے ان کا مونہہ تو لٹکا ہوا تھا پھر میرا چہرہ دیکھ کر مجھ سے انھوں نے بدلہ لینے کی ٹھان لی ہو۔

''سنئے حضرات۔۔۔ میری بے وقوف بہن کا، اپنے بھائی کو اپنے ہاتھوں پکایا پکوان کھلانے کو جی چاہا تو جوتوں کا پلاؤ پکا کر رکھ دیا۔''

''کیا مطلب۔۔۔؟ کیا مطلب۔۔۔؟ کیا مطلب۔۔۔؟''

بس ہر طرف سے یہی ایک آواز آ رہی تھی۔۔۔ اور چنو بھائی ہنسی کے مارے لوٹتے پوٹتے سنائے جا رہے تھے کہ کس طرح یاسمین کے بونٹ پلاؤ نے ان محترمہ کو بھی بونٹ پلاؤ پکانے کی ترغیب دی اور۔۔۔

تھوڑی ہی دیر میں یہ عالم تھا کہ میں جس کی طرف دیکھتی تھی، اسی کا مونہہ ایک فٹ پھٹا ہوا نظر آتا تھا۔۔۔ ہی ہی، ہاہا، ہوہو، کھی کھی، کھاکھا۔ کھوکھو۔۔۔

ایسے عجیب و غریب قہقہے میں نے اپنی عمر میں نہ سنے تھے، طرح طرح کے سر اور راگ سب کے گلوں سے نکل رہے تھے اور میں قہقہوں کی اس بارش میں بھیگ کر جیسے چڑیا بنی جا رہی تھی۔

بھئی اب۔۔۔ اتنے دن گذر جانے پر میں یہ سمجھتی ہو کہ اس میں ہمارا کیا قصور کہ اچھے بھلے ہرے چنے کو بونٹ کہا جائے۔۔۔؟ اور سچ بھی تو ہے کہ بوٹ کے معنی سوائے جوتے کے اور کیا سمجھے جا سکتے تھے۔

قصور تو چنو بھائی کا تھا، کیا ہوتا اگر ہری بھری یا پھر ہرا چنا کہہ دیتے۔۔۔؟؟ مگر نہیں صاحب انہیں تو ہمیں رسوا کرنا تھا۔

بہت دن بیت گئے ہیں مگر آج بھی ان قہقہوں کی زوردار بارش کا خیال آتا ہے تو جسم میں کپکپی پیدا ہونے لگی ہے!

***

چچا بھتیجے

یوسف ناظم

ہمارے چچا جان اچھا کھاتے ہیں، اچھا پہنتے ہیں۔ یوں دیکھنے میں انہیں کوئی پریشانی یا کسی قسم کی تکلیف نہیں، لیکن اس کے باوجود وہ ہمیشہ رنجیدہ اور پریشان رہتے ہیں۔ ہم نے تو کبھی انہیں خوش نہیں دیکھا۔ جب دیکھو ان کا منہ پھولا ہوا ہے۔ بھویں تنی ہوئی ہیں۔ چچا ہمیشہ دو دھاری تلوار بنے رہتے ہیں۔ کبھی ایک کے سر پر برسے کبھی دوسرے کے سر پر گرے۔ دنیا میں بڑے سے

بڑا واقعہ بھی ہو جائے تو انہیں فکر نہیں ہوتی۔ انہیں فکر رہتی ہے تو بس اس بات کی کہ یہ شخص صحیح اور کھڑی اردو بولے۔ اس کا تلفظ صحیح ہو اور ہر بات میں کوئی نہ کوئی محاورہ ہو۔ محاورے بولنے میں چچا کو کمال حاصل ہے۔ وہ ایک چھوٹا سا جملہ بھی بولیں گے تو اس میں کم سے کم تین محاورے ضرور ہوں گے۔ بات تو خیر وہ کرتے ہی نہیں صرف ڈانٹتے ہیں، لیکن ان کی ڈانٹ بھی چٹخارے دار زبان میں ہوتی ہے کہ ڈانٹ کھانے کا مزہ آ جائے۔ چچا جان کے سامنے زبان کھولنا، اپنی شامت بلانا ہے۔ ادھر زبان کھولی نہیں کہ پکڑی گئی۔ فرمائیں گے "یہ ہم نے کیا سنا یہ مرغ کس نے کہا؟ یہ امجد میاں ہوں گے۔ امجد میاں تو سارے گھر کی زبان بگاڑ کر رکھ دیں گے۔ میاں ہم نے تم سے کچھ نہیں تو پچاس بار ضرور کہا ہو گا کہ مرغ نہیں، مرغ کہا کرو۔ اس کا 'ر' ساکن ہے۔ مرغ کہنے میں اگر تکلیف ہوتی ہو تو مرغا کہا کرو، لیکن خدا کے لئے مرغ کہہ کر ہمیں چڑایا نہ کرو"۔

لیجئے صاحب، صرف ایک لفظ زبان سے نکلا اور چچا جان نے آڑے ہاتھوں لیا۔ تلفظ اور قواعد درست کرنے میں تو چچا جان، جان پر کھیل جاتے ہیں۔ ایک مرتبہ تو وہ ریلوے اسٹیشن پر ایک اجنبی آدمی سے لپٹ پڑے اس بچارے نے کہیں

قلی سے کہہ دیا کہ ''جلدی کرو''ٹرین پکڑنا ہے۔'' یہ سننا تھا کہ چچا جان، جان نہ پہچان، لپکے اس کی طرف اور فرمایا: ''حضرت معاف کیجیے، میرا آپ کا تعارف تو نہیں لیکن آپ کی زبان سے غلط اردو سن کر میں رہ نہیں سکا۔ حضرت! ٹرین پکڑنا صحیح نہیں۔ ٹرین پکڑنی ہے، کہنا چاہیے، کیوں کہ ٹرین مؤنث ہے۔''

اب کیا تھا جناب، ان حضرت نے ٹرین کا خیال تو چھوڑ دیا اور چچا جان کو پکڑ لیا۔ جب ٹرین نے سیٹی دی تو معاملہ چکا۔ اس پر بھی چچا جان مانے نہیں۔ کہنے لگے کہ ''اچھا ہوا وہ شہر چھوڑ کر چلا گیا، ورنہ سارا شہر غلط اردو بولنے لگتا''۔

چچا جان ہمیشہ اس کوشش میں رہتے ہیں کہ ان کے بھتیجے اور بھتیجیاں اچھے اچھے محاورے بولنا سیکھیں۔ وہ باری باری سے ایک ایک کو پکڑ کر محاورے بولنا سکھاتے ہیں۔ محاورے رٹا کر بچوں کو اسکول میں چھوڑ دینا، چچا جان کا خاص مشغلہ ہے۔ لیکن عجیب بات ہے کہ جب کبھی چچا جان کا رٹایا ہوا محاورہ بچے نے اسکول میں دہرایا وہ ضرور پٹا۔ نجمہ بچاری ایک دن اپنی استانی نزہت آپا سے پٹ گئی اس دن شاید اسکول میں کھانا پکانے کی کلاس ہو رہی تھی۔ کہیں آٹے کا بھوسا اڑ کر نزہت آپا کے بالوں میں پڑ گیا۔ اپنے چچا کی بھتیجی نجمہ نے فوراً اپنی

استانی سے کہا ''نزہت آپا، آپ کے سر میں تو بھوسا بھرا ہوا ہے'' ساری لڑکیاں ہنس پڑیں۔ نزہت آپا غصے سے لال پیلی ہو گئیں، لیکن نجمہ نے دیکھا تک نہیں اور ان سے کہا ''لائیے آپا، آپ کا سر صاف کر دوں، بس اس کے بعد نزہت آپا نے اپنا سر تو صاف نہیں کیا، لیکن نجمہ پر خوب ہاتھ صاف کیا۔

چچا جان کو اپنے سب بھتیجوں میں ممتاز میاں سب سے زیادہ پسند ہیں۔ یوں کہئے انہیں ممتاز پر ناز ہے اور چچا جان کا کہنا ہے کہ ممتاز بہترین محاورے بولتا ہے۔

یہی ممتاز میاں ایک دن اپنے اسکول سے اپنے ابا کے نام ایک خط لے آئے جو ان کے ہیڈ ماسٹر صاحب نے بھیجا تھا۔ اس خط میں لکھا تھا۔

''جناب امتیاز احمد صاحب! آپ کو اطلاع دی جاتی ہے کہ آپ کا لڑکا ممتاز احمد، جو آٹھویں جماعت میں پڑھتا ہے، بہ کثرت محاورے بولنے لگا ہے۔ براہ کرم اس پر نظر رکھئے، ورنہ آئندہ چل کر یہ لڑکا ہمارے اسکول کے لئے خطرناک ثابت ہو گا اور ہم اسے رخصت کرنے پر مجبور ہو جائیں گے''۔

یہ خط پڑھ کر ابا بے حد گھبرائے۔ انہوں نے ممتاز میاں سے دریافت کیا کہ آخر کیا بات ہوئی جو ہیڈ ماسٹر صاحب نے ایسا خط لکھ مارا۔

ممتاز میاں بولے۔ ''اباجی! ہمارے ہیڈماسٹر صاحب کو تو بات بات پر ہول آنے لگتا ہے اور وہ بات کا بتنگڑ بنا دیتے ہیں''۔

ابا: مجھ سے محاوروں میں باتیں نہ کرو۔ محاورے تم اپنے چچا جان سے بگھارنا۔ مجھے سیدھی سادی اردو میں بتلاؤ کہ ہوا کیا؟

ممتاز: ہوا کچھ بھی نہیں ابا! میں نے اپنے تاریخ کے ماسٹر صاحب سے صرف اتنا کہا کہ ماسٹر صاحب تاریخ میں جھانسی کا ذکر تو بہت ہے، لیکن جھانسے کا کہیں ذکر نہیں۔ بس اتنا سننا تھا کہ ان کے تلووں لگی اور سر تک پہنچی۔

ممتاز یہ کہہ ہی رہا تھا کہ اتنے میں چچا جان پہنچ گئے اور فرمایا 'کیا بات ہوئی بیٹے! تمہارے منہ سے تو اب پھول جھڑنے لگے ہیں''۔

ابا: جی ہاں! جب ہی تو سارے چمن اجڑ گئے ہیں۔ ممتاز آگے بتلاؤ۔

چچا جان: ہاں ممتاز! ہم بھی تو سنیں کہ تمہارے تاریخ کے ماسٹر صاحب کے تن بدن میں جو آگ لگی، وہ بجھی کیسے؟

ممتاز: چچا جان! آپ ہمارے تاریخ کے ماسٹر صاحب کو نکو نہ بنائیے۔ وہ اتنا اچھا پڑھاتے ہیں کہ ایسا معلوم ہونے لگتا ہے کہ جیسے دادی جان کہانیاں سنا رہی

ہوں۔ بس ان کی ایک ہی بات ذرا کھلتی ہے۔ غصہ ہمیشہ ان کی ناک پر رہتا ہے۔

ابا: ممتاز، تم ہوش میں ہو یا نہیں۔ میں پوچھ رہا ہوں کہ تم نے ان سے بحث کیوں کی؟

ممتاز: ابا میری تو ان سے صرف دو منٹ بات ہوئی اور اتنی ہی دیر میں ان کے مزاج کا پارا چڑھ گیا۔

ابا: پھر محاورہ، تم یہ محاورے پر محاورے کیوں بولے چلے جا رہے ہو؟

چچا جان! بھائی صاحب! آپ بھی غضب ڈھاتے ہیں ممتاز بتا تو رہا ہے کہ ماسٹر صاحب اس سے خواہ مخواہ ناراض ہو گئے۔ ممکن ہے وہ پہلے سے ہی خار کھائے بیٹھے ہوں۔

ابّا: لو ایک اور محاورہ اگر یہی حال رہا تو پتا نہیں اس گھر میں مطلب کی بھی کوئی بات ہو سکے گی یا نہیں۔

چچا جان: بھائی صاحب، آج کل تو مدرسوں میں آوے کا آوا بگڑا ہوا ہے۔ ایک ماسٹر نے جا کر ہیڈ ماسٹر کے کان بھر دیئے اور ہیڈ ماسٹر نے نوٹ لکھ مارا۔

ابا : اچھا اچھا، کل سے ممتاز تم روز ایک گھنٹہ مجھ سے پڑھا کرو، تم اپنے چچا کے پاس بیٹھ بیٹھ کر بہت محاورے سیکھ گئے ہو۔ مجھے ڈر ہے کہ کہیں تم اسکول میں پٹ نہ جاؤ۔

ممتاز : چچا جان، میں نہ کہتا تھا کہ آپ کسی دن میری درگت بنوادیں گے۔ چلیے قصہ پاک ہوا۔ کل سے میری بیٹھک ابا جان کے کمرے میں ہوگی۔

***

www.ingramcontent.com/pod-product-compliance
Lightning Source LLC
LaVergne TN
LVHW050856051026
849532LV00006BA/2266
* 9 7 8 9 3 6 9 0 8 0 7 2 4 *